KB007137

동물농장

동물농장

ANIMAL FARM

조지 오웰

다상출판

차례

동물농장 11

1장

그날 밤, 매너* 농장의 주인인 존스 씨는 잠자리에 들기 전에 닭장 문을 채웠다고 생각했으나 술에 너무 취해 있는 바람에 작은 구멍을 닫는 것을 잊어버리고 말았다. 그가 갈지자 걸음으로 걷고 있을 때, 손에 들린 등불의 둥근 불빛도 이리 저리 춤추듯 흔들렸다. 비틀거리며 마당을 가로질러 뒷문으로 들어간 그는 장화를 휙 벗어버린 뒤 부엌의 술통에서 맥주 한 잔을 마지막으로 쭉 들이키고는 침대로 향했다. 존스 부인은 이미 코를 골며 잠들어 있었다.

존스 씨의 침실 불빛이 꺼지자마자 온 농장 건물에서 일제

---

* Manor. 중세 영국의 장원莊園이라는 뜻.

히 부스럭거리는 소리, 날개가 퍼덕거리는 소리가 나기 시작했다. 대회에 나가 상을 탄 적이 있는 늙은 수퇘지 메이저 영감이 전날 밤 이상한 꿈을 꾸었는데, 그 꿈 이야기를 농장의 다른 동물들에게 알리고 싶어 한다는 소문이 그날 낮에 쫙 퍼졌다. 그래서 존스 씨가 완전히 잠들기를 기다렸다가 동물 전원이 농장의 큰 헛간에 모이기로 약속되어 있었던 것이다. 메이저 영감(그는 돼지 품평회에 윌링던 뷰티라는 이름으로 나갔지만, 지금은 대개 이렇게 불렀다)은 농장 동물들로부터 큰 존경을 받는 어른인지라 그의 이야기를 듣기 위해서라면 한 시간쯤 잠을 덜 자도 좋다는 분위기였다.

큰 헛간 한쪽의 대들보에 매달린 등불 아래로 높다란 연단 같은 것이 있었는데, 메이저 영감은 그곳의 짚을 깐 자리에 이미 편안히 앉아 있었다. 그는 열두 살로 접어들면서 살이 많이 쪄 뚱뚱했지만 여전히 위풍당당했고, 송곳니를 한 번도 자르지 않았지만 여전히 현명하고 위엄이 있어 보였다. 하나둘 모여들기 시작한 동물들은 제각각 나름의 편안한 자세로 자리를 잡고 앉았다. 맨 먼저 블루벨, 제시, 핀처라는 이름의 개 세 마리가 들어왔고, 그 뒤를 이어 돼지들이 들어왔는데, 돼지들은 연단 앞에 깔린 짚더미 위에 앉았다. 암탉들은 창턱에 자리를 잡았고, 비둘기들은 서까래까지 날개를 퍼덕이며 올라갔으며, 양과 암소들은 돼지들 뒤에 앉아서 되새김질을 하고 있었다. 쌍두마차를 끄는 복서와 클로버라는 이름의 말 두 마리는 털투성이의 커다란 발굽을 가만가만 내디디며 조심스럽게 들어왔다. 혹시나 지푸라기 속에 기어들어 가 있을지 모르는 작은 동물들을 밟을까 봐 걱정이 됐기 때문이다. 클로버는 이미 중년을 바라보는 뚱뚱한 어미 말이었는데, 넷째를 낳은 뒤에는 예전의 몸매를 되찾지 못했다. 복서로 말하자면 키가 거의 180센티미터에 육박하는 거대한 말로, 보통 말 두 마리를 합한 것만큼이나 힘이 셌다. 그가 다소 미련스럽게 보이는 것은 이마에서 콧잔등까지 뻗어 내려온 흰 줄무늬 때문이었다. 사실 그는 머리가 썩 좋은 편은 아니었지만, 심지가 굳고 성실했으며 일할 때 보여주는 엄청난 힘 때문에 농장 식구 모두로부터 존경을 받았다. 말들에 뒤이어 뮤리엘이라는 흰 염소가 들어왔고, 그 뒤를 이어 벤저민이라는 이름의 당나귀가 들어왔다. 벤저민은 농장에서 가장 나이가 많고 성질이 고약하기로도 유명했다. 그는 말을 거의 하지 않았는데, 어쩌다 말을 할라치면 거의 냉소적인 말만 해댔다. 예컨대 이런 식이었다. 하느님이 자신에게 파리를 쫓아버리라고 꼬리를 달아주었는데, 그러려면 꼬리도 만들지 말고 파리도 만들지 말았다면 더 좋았을 것이라고 했다. 벤저민은 아무리 우스운 일이 있어도 절대 웃지 않았는데, 농장의 동물들 가운데 절대로 웃지 않는 동물은 그밖에 없었다. 누군가가 그에게 왜 웃지 않느냐고 이유를 물었더니, 웃을 일이 없기 때문이라고 말했다. 그러나 겉으로 내색을 하지는 않았지만, 내심 쌍두마차를 끄는 복서에게만은 각별한 우정을 품고 있었다. 그 둘은 일요일이면 과수원 너머 작은 목장에서 말없이 나란히 풀을 뜯곤 했다.

복서와 클로버가 나란히 자리에 앉자마자 어미를 잃은 새끼오리 한 떼가 헛간으로 줄지어 들어오더니 행여 덩치 큰 동물들의 발에 밟힐까 봐 작은 소리로 꽥꽥거리며 왔다 갔다 했다. 그러자 클로버가 커다란 앞발로 둥그렇게 울타리를 만들어주었다. 새끼오리들은 그곳에 자리를 잡자마자 금세 잠들어버렸다. 바로 그때 존스 씨의 작은 마차를 끄는 흰 암말인 몰리가 우아하게 점잔을 빼며 들어왔다. 몰리는 예쁘기는 했으나 조금 멍청한 구석이 있었는데, 설탕 덩어리를 우물거리고 있었다. 앞쪽에 자리를 잡은 몰리는 하얀 갈기털을 펄럭이기 시작했다. 갈기털을 펄럭인 것은 털을 장식한 붉은 리본으로 동료들의 환심을 사고 싶었기 때문이다. 맨 마지막으로 고양이가 들어왔는데, 그는 여느 때와 마찬가지로 가장 따뜻한 아랫목을 찾아 두리번거리더니 복서와 클로버 사이를 비집고 들어와 자리를 잡았다. 고양이는 메이저 영감의 연설이 끝날 때까지 계속해서 가르랑거렸다. 그는 영감이 하는 말을 한마디도 알아듣지 못했다.

이제 뒷문 뒤 횃대에서 잠자고 있는 길들인 갈까마귀 모지스만 빼고는 농장의 모든 동물이 참석했다. 메이저 영감은 동물들이 모두 편안하게 자리를 잡고 앉을 때까지 기다린 다음 목청을 가다듬고는 조심스럽게 말을 꺼냈다.

"동무들, 여러분은 내가 어젯밤에 이상한 꿈을 꾸었다는 소문은 들어 알고 있을 거요. 허나 꿈 이야기는 조금 있다 하겠소. 먼저 해야 할 말이 있기 때문이오. 동무들, 나는 이제 여러분과 함께할 날이 몇 달 남지 않은 것 같소. 그래서 죽기 전에 내가 살아오면서 터득한 지혜를 여러분에게 알려주는 것이 나의 의무라는 생각이 드오. 나는 오랜 세월 살아오면서 돼지우리에 혼자 누워 삶의 이치에 대해 고찰해보았소. 나는 살아 있는 어떤 동물보다도 우리 삶의 본질에 대해 깊이 이해한다고 말해도 좋을 듯싶소. 내가 오늘 여러분에게 말하고 싶은 것은 바로 그 점에 관해서요.

자, 동무들, 지금 우리가 처한 현실이 어떻다고 생각하오? 있는 그대로 직시해보시오. 대부분의 동물은 한평생 비참하게 고생만 하다 짧은 삶을 마감하고 있소. 이 세상에 태어난 우리는 몸뚱이가 겨우 숨 쉬며 살아갈 만큼의 먹이만 받아먹고, 숨이 끊어지는 순간까지 죽어라 일만 하도록 강요받고 있소. 그리고 우리가 쓸모없어지는 바로 그 순간, 잔인한 방법으로 도살당하는 실정이오. 영국에 사는 어떤 동물도 한 살이 지나면 행복이나 여가의 의미를 알지 못하오. 또한 영국의 어떤 동물도 자유를 누리지 못하오. 누구 할 것 없이 비참한 노예로 살아가고 있단 말이오. 이는 명백한 사실이오.

이것이 과연 자연의 섭리라고 할 수 있을까요? 우리가 사는 이 영국 땅이 너무 척박해서 우리 동물들에게 여유로운 삶을 제공하지 못하는 것일까요? 아닙니다, 동무 여러분! 천만의 말씀이오. 결코 그게 아니오. 영국 땅은 기름지고 기후도 좋아서, 지금보다 훨씬 더 많은 동물이 산다고 해도 충분하게 먹을 수 있는 곡식을 제공할 수 있소. 우리가 지내는 이 농장만 하더라도 말 열두 마리, 암소 스무 마리, 양 수백 마리 정도는 너끈히 먹여 살릴 수 있을 정도요. 아니, 우리 모두가 상상할 수 없을 정도로 안락하고 품위 있는 삶을 영위할 수 있소. 그런데도 우리는 왜 이런 악조건 속에서 비참하게 살아야 할까요? 그것은 우리가 힘들게 생산한 것들을 인간이 모조리 빼앗아 가기 때문이오. 동무들, 우리가 처한 모든 문제에 대한 해답은 거기에 있소. 문제의 핵심은 '인간'이오. 우리의 진정한 적은 오직 인간뿐이오. 이 세상에서 인간을 몰아냅시다. 그러면 굶주림과 과로의 근본 원인이 뿌리째 제거될 것이오.

인간은 생산 활동 없이 소비만 하는 유일한 동물이오. 그들은 우유를 생산하지도 못하고, 달걀을 낳지도 못하며, 힘에 부쳐 쟁기를 끌지도 못할 뿐 아니라 토끼를 잡을 만큼 날쌔지도 못하오. 그런데도 그들이 우리 동물들의 제왕 노릇을 하고 있지 않소. 인간은 우리 동물들에게 죽도록 일을 시키지만, 겨우 목숨을 부지할 만큼만 먹이고, 나머지는 모두 자기네들 몫으로 챙기고 있소. 우리의 노동으로 땅을 경작하고, 우리의 똥으로 땅을 비옥하게 만들지만 우리는 이 변변찮은 몸뚱이 외엔 가진 게 아무것도 없소. 앞에 있는 암소 동무들에게 묻겠소. 작년에 동무들에게서 짜낸 우유가 몇천 갤런이었소? 동무들의 새끼를 튼튼하게 먹이기 위해 쓰여야 할 우유가 모두 어디로 갔소? 한 방울도 남김없이 우리 적들의 목구멍 속으로 흘러 들어가지 않았소? 그리고 암탉들에게 묻겠소. 여러분은 작년에 달걀을 몇 개나 낳았소? 동무들이 낳은 달걀 중에서 병아리로 부화한 것이 몇 개나 되오? 사실은 거의 모든 달걀이 시장으로 팔려나가 존스와 그 수하 일꾼들의 배만 불려주지 않았소? 그리고 클로버, 동무가 낳은 망아지 네 마리는 어디에 있소? 동무의 노후에 그대를 부양하고 기쁘게 해주어야 할 망아지들 말이오. 한 살이 되자마자 죄다 팔려나가지 않았소? 동무는 그 금쪽같은 망아지들을 다시는 못 볼 것이오. 네 번이나 새끼를 낳고 들판에서 죽도록 일을 한 대가가 겨우 목숨이나 부지해줄 쭉정이랑 마구간밖에 더 있소?

그리고 심지어 우리의 그 비참한 일생조차도 천수를 다 누리도록 허락하지 않고 있소. 나의 경우 불평할 처지도 못 되오. 운 좋게 장수한 축에 끼이니 말이오. 나는 12년을 살아오는 동안 자식을 400마리도 넘게 낳았소. 이게 우리 돼지의 자연스러운 삶이오. 그러나 어떤 동물도 인간의 잔인한 칼날을 피할 수 없는 것이 현실이오. 앞에 앉은 젊은 식용 돼지 동무들에게 한마디 하겠소. 동무들은 모두 1년도 못 되어 도살장에 끌려가 목숨만 살려달라는 비명을 지르며 삶을 마감할 운명이오. 우리는 누구도 그런 공포를 피할 수가 없소. 소, 돼지, 닭, 양 할 것 없이 모두가 같은 운명이오. 심지어 말이나 개의 운명이라고 해서 더 나을 것도 없소. 쌍두마차를 끄는 복서! 동무의 그 힘센 사지가 힘을 잃는 날 존스는 기다렸다는 듯이 당신을 도살업자에게 팔아넘길 것이오. 그러면 그자는 당신의 목을 벤 뒤 푹 삶고 졸여서 여우 사냥개의 먹이로 던져줄 것이오. 그리고 개 동무들의 운명 또한 다를 것이 없어 늙어 이빨이 빠지면 존스가 모가지에 돌을 매달아서 근처에 있는 연못에 빠뜨려 죽일 것이오.

동무 여러분! 그러니 우리 삶의 모든 불행이 인간이 휘두르는 압제와 폭정에서 비롯된다는 것이 명백해졌지 않소? 인간을 제거합시다. 그러기만 하면 그동안 우리가 수고하여 생산한 것들이 모두 우리의 차지가 된단 말이오. 하룻밤 사이에 우리는 부자가 되고 자유로워집니다. 그렇다면 우리가 이제 해야 할 일은 무엇이겠소? 그렇지요. 밤낮으로 몸과 마음을 다 바쳐 이 땅에서 인간이라는 종자를 멸망시키는 일밖에 없습니다. 동무들! 이것이 내가 여러분에게 들려주고 싶은 말이었소. 반란, 반란을 일으켜야 하오! 물론 나는 그날이 언제 올지 알지 못하오. 1주일 이내에 올 수도 있고, 백 년이 지나서야 올 수도 있소. 그러나 머잖아 정의가 구현되는 날이 오리라는 것은 우리가 지금 밟고 있는 이 지푸라기를 보듯 확실하오. 동무들, 여러분이 짧은 여생을 사는 동안 이 사실을 한시도 잊어서는 안 되오. 그러니 잊지 말고 나의 메시지를 후손들에게 전하시오. 그래야 미래 세대가 계속 투쟁할 수 있을 것이오.

그리고 명심하십시오, 동무들! 여러분의 결의가 절대 흔들려서는 안 된다는 것을. 헛된 이야기에 솔깃해서 길을 잃고 방황해서는 안 되오. 인간과 동물이 공동의 이익을 추구해야 한다거나 한쪽의 번영이 곧 다른 쪽의 번영을 가져온다는 헛소리에 절대 속아서는 안 되오. 이러한 말은 모두 새빨간 거짓말이기 때문이오. 인간은 자기들 이익만 챙기는 이기적인 동물이라서 절대 다른 동물을 위해 희생하지 않을 것이오. 그러니 우리 동물들은 일치단결해서 최고의 동료애를 발휘해 투쟁하도록 합시다. 모든 인간은 우리의 적이오. 그리고 모든 동물은 우리의 동지입니다."

바로 이때 엄청난 소동이 일어났다. 메이저 영감이 연설하는 동안 커다란 쥐 네 마리가 쥐구멍에서 기어나와 궁둥이를 땅바닥에 댄 채 뒷발로 버티고 앉아 연설을 듣고 있었는데, 개들이 그 모습을 보고 덤벼든 것이다. 순간 쥐들이 잽싸게 구멍으로 도망치는 바람에 목숨을 건질 수 있었다. 메이저 영감이 앞발을 들어 좌중에게 조용히 하라고 했다.

영감의 연설은 계속됐다.

"동무들, 우리가 먼저 결정해야 할 문제가 하나 있소. 쥐나 산토끼 같은 야생동물들, 이들은 우리의 동지인가요, 적인가요? 이 문제를 표결에 부칩시다. 이 문제를 회의의 안건으로 상정하는 바요."

즉각 투표가 실시되었고, 쥐는 압도적인 다수표를 얻어 동지로 결정되었다. 반대표는 딱 네 표였는데, 개 세 마리가 반대표를 던졌고, 고양이 한 마리도 반대표를 던졌다. 그러나 알고 보니 고양이는 찬성과 반대 양쪽에 표를 던진 것이 밝혀졌다. 메이저 영감의 연설이 계속됐다.

"이제 더는 할 이야기가 없소. 다만 강조하고 싶은 것이 있소. 반드시 기억해야 할 의무요. 두 발로 걸어다니는 것은 그가 누구든 적이오. 네 발로 걸어다니거나 날개가 있는 것은 그가 누구든 친구요. 또 하나 명심할 것이 있소. 인간과 맞서 싸울 때 절대 그들을 닮아서는 안 된다는 사실을 명심하시기 바라오. 만약 인간을 정복했다 하더라도 인간의 악습을 배워서는 안 된다는 말이오. 우리 동물은 절대 집 안에서 살아서는 안 되며, 침대에서 잠을 자서도 안 되고, 옷을 입거나 술을 마시거나 담배를 피우거나 돈을 만져서도 안 되오. 장사를 해서도 안 되오. 인간의 습관은 하나같이 사악한 것뿐이오. 그리고 잊지 말아야 할 것은 동족인 동물 위에 군림하려 하거나 압제를 행해서는 안 되오. 힘이 약하거나 강하거나 똑똑하거나 순박하거나 우리는 모두 형제요. 어떤 동물도 다른 동물을 죽이는 일이 있어서는 안 되오. 모든 동물은 평등하기 때문이오.

자, 동무들! 지금부터 어젯밤에 꾼 꿈 이야기를 시작하겠소. 허나 내가 꾼 꿈을 여러분에게 생생하게 전달할 수는 없을 것 같소. 그것은 인간이 사라진 뒤에 펼쳐질 미래의 모습이기 때문이오. 그 꿈 덕분에 나는 오랫동안 잊고 지냈던 어떤 것을 다시 상기하게 되었소. 내가 새끼돼지였던 시절, 우리 어머니와 동네 암퇘지들은 오래전부터 전해 내려오는 노래 한 곡을 부르곤 했는데, 우리가 알고 있었던 것은 곡조와 가사의 첫 세 마디뿐이었소. 어린 시절에는 그 노랫가락을 알고 있었는데, 언젠가부터 뇌리에서 사라졌소. 그런데 어젯밤 꿈속에 그 노래가 들리는 것이었소. 더군다나 가사까지 생각

나는 것이었소. 그 가사는 분명 오래전에 우리 동물들이 불렀던 노래였는데, 여러 세대에 걸쳐 내려오면서 잊혔던 것이오. 동무들, 지금 그 노래를 들려주겠소. 나는 늙어 목소리가 쉬었소만 노랫가락을 가르쳐주면 여러분들은 잘 따라 부를 수 있을 거요. 노래 제목은 〈영국의 동물들〉이오."

메이저 영감은 목청을 가다듬은 뒤 노래를 부르기 시작했다. 그가 말했듯 목소리는 조금 쉰 듯했지만 그런대로 잘 불렀다. 그 노래는 장쾌한 가락으로 〈클레멘타인〉[*]과 〈라 쿠카라차〉[**]를 뒤섞어놓은 듯했다. 노래 가사는 다음과 같았다.

영국의 동물들이여, 아일랜드의 동물들이여
온 세계 방방곡곡에 사는 동물들이여
황금빛 미래를 알리는
기쁜 소식에 귀 기울여라

머지않아 그날이 오리니
압제자 인간들을 몰아내고

---

[*] 미국의 민요. 일확천금을 찾아 캘리포니아로 몰려들었던 사람들이 만든 노래로, 이들은 열악한 생활환경과 가혹한 노동에 시달리며 이 노래를 부르며 마음을 달랬다.
[**] 멕시코 혁명 가요. 멕시코 혁명을 이끌었던 판초 비야와 농민군이 혁명가로 불렀다.

잉글랜드의 기름진 들판에서
오직 동물들만이 활보하게 하리라

우리의 코에서 코뚜레가 벗겨지고
우리의 등짝에서 멍에가 사라지고
재갈과 박차는 영원히 녹슬고
잔인한 채찍은 더는 쓸모가 없어지리니

상상할 수 없이 많은 재산
밀과 보리, 귀리, 건초
토끼풀, 콩, 사탕무가
모두 우리 것이 되리니

잉글랜드의 들판은 밝게 빛나고
강물은 맑은 소리를 내며 흐르고
감미로운 미풍이 불어오리니
우리가 해방되는 그날에는

그날을 위해 우리 모두 수고하리라
비록 그날이 오기 전에 죽더라도
소와 말, 오리와 칠면조도
모두가 자유를 위해 힘써야 하리

영국의 동물들아, 아일랜드의 동물들아
세계 방방곡곡의 동물들아
금빛 찬란한 미래를 알리는
내 말을 잘 듣고 널리 전하라

이 노래를 부르며 동물들은 광란의 흥분에 빠져들었다. 메이저 영감의 노래가 채 끝나기도 전에 동물들은 금세 노래를 따라 부르기 시작했다. 심지어 머리가 나쁘기로 유명한 동물들조차도 가락을 익혀 몇 소절 흥얼거렸고, 돼지와 개처럼 영특한 동물들은 몇 분도 채 되지 않아 그 노래를 모두 암기해 버렸다. 그러고 나서 몇 번 연습한 뒤에 농장의 동물들은 모두 입을 맞추어 엄청나게 큰 소리로 〈영국의 동물들〉을 합창했다. 암소들은 음매, 개들은 멍멍, 양들은 매, 말들은 히힝, 오리는 꽥꽥거리며 다섯 번이나 연달아 불렀는데, 방해를 받지 않았다면 밤새도록 노래를 불렀을 것이다.

애석하게도 소란스러운 노랫소리를 들은 존스 씨는 마당에 여우가 침입한 것이 틀림없다고 생각하고 벌떡 일어났다. 그는 침실 한구석에 항상 놓아두는 총을 집어 들더니 어둠을 향해 여섯 발을 발사했다. 총알은 헛간 담벼락에 박혔고, 집회는 서둘러 끝이 났다. 모두 가만가만 자기 잠자리로 도망쳤다. 새들은 횃대로 펄쩍 날아올라 가고, 동물들은 지푸라기가 깔린 침대 속으로 기어들어 가자, 농장은 일순간 쥐 죽은 듯 고요해졌다.

2장

그 일이 있은 지 사흘째 되던 날, 메이저 영감은 잠을 자던 도중 평화롭게 숨을 거두었다. 영감의 사체는 과수원의 한쪽 기슭에 매장되었다.

이 일은 3월 초순에 있었다. 그 후 석 달 동안 농장에서는 비밀스러운 움직임이 자주 있었다. 메이저 영감의 연설 덕택에 농장에서 머리 좀 쓴다는 동물들은 세상을 새로운 관점에서 바라보게 되었다. 하지만 메이저 영감이 예언한 '반란'이 언제 일어날지 몰랐고, 또 자신들이 살아 있는 동안에 일어날 것이라고는 꿈에도 생각 못 했다. 그러나 그것을 준비하는 것이 자신들의 의무라는 점은 분명히 알고 있었다.

여러 동물을 가르치고 조직을 구축하는 일은 농장에서 가장 총명하다고 알려진 돼지들의 몫이었다. 농장의 돼지들 중 미래의 지도자감으로는 존스 씨가 나중에 팔아먹을 속셈으로 키우는 어린 수돼지 스노볼과 나폴레옹이 거론되었다. 나폴레옹(그는 이 농장의 유일한 버크셔종 수돼지였다)은 몸집이 크고 우락부락했는데 말이 그다지 많은 편은 아니었지만, 고집이 세고 한번 세운 뜻은 반드시 관철한다는 평판이 나 있었다. 스노볼은 나폴레옹보다 쾌활한 돼지로, 나폴레옹보다 언변이 좋고 창의적이었지만 나폴레옹만큼 신중하지 못하다는 평판을 얻고 있었다. 농장에 있는 다른 수돼지들은 모두 식용 돼지였다. 그중에서 가장 유명한 돼지는 스퀼러라는 작고 토실토실한 돼지였는데, 통통한 뺨, 반짝거리는 눈빛, 민첩한 행동거지에 목소리는 날카로웠다. 그는 말솜씨가 매우 뛰어난 연설가로, 뭔가 어려운 내용을 주장할 때는 이리저리 왔다 갔다 하며 꼬리를 흔드는 버릇이 있는데, 그런 제스처가 그를 꽤 설득력이 있어 보이게 만들었다. 동물들은 스퀼러에게 걸리면 검정도 흰색이 된다고 말했다.

스노볼, 나폴레옹, 스퀼러, 이 세 마리의 돼지는 메이저 영감의 가르침을 완전한 사상체계로 정립해서 거기에 '동물주의'라는 명칭을 붙였다. 그들은 존스 씨가 잠든 밤을 틈타 1주일에 대여섯 번씩 헛간에서 비밀 집회를 열었고, '동물주의'의 원칙을 여러 동물들에게 가르치기 시작했다. 동물들은 워낙 배운 게 없었던 터라 처음에는 그들이 무슨 말을 하는지 알아듣지도 못했고, 별 관심도 없어 보였다. 어떤 동물은 자신의 주인으로 섬기는 존스 씨에게 충성을 바칠 의무가 있다고 하면서, "존스 씨가 우리를 먹여 살리고 있잖아. 만약 그분이 없어진다면 우리는 굶어 죽고 말 거야."라는 유치한 말까지 지껄이는 것이었다. 또 어떤 동물은 "우리가 죽고 난 뒤에 있을 일을 왜 우리가 걱정해야 해?"라고 묻거나, "어차피 반란이 일어나게 마련이라면, 우리가 노력하든 안 하든 무슨 상관이야?"라고 반문하기도 했다. 그러면 지도자급 돼지들은 그들의 그러한 태도가 '동물주의 정신'에 어긋난다는 것을 이해시키느라 진땀을 흘렸다. 가장 멍청한 질문은 흰 암말인 몰리의 입에서 나왔다. 몰리가 스노볼에게 던진 첫 번째 질문은 "반란 후에도 계속 설탕을 먹을 수 있을까요?"라는 것이었다.

스노볼은 "아니요."라고 단호하게 대답하면서 그 이유를 설명했다. "이 농장에는 설탕을 만드는 시설이 없습니다. 게다가 당신에게는 설탕이 필요 없습니다. 당신은 원하는 만큼 귀리와 건초를 먹을 수 있을 테니까요."

"그러면 내 갈기털에 리본을 다는 건 여전히 허용되겠지요?"라고 몰리가 또다시 물었다.

"동무! 그대가 그리도 애지중지하는 리본은 노예라는 것을 증명하는 표시요. 자유가 리본보다 훨씬 가치가 있다는 사실을 아직도 이해할 수 없단 말이오?"라며 스노볼이 몰리를 설득했다.

몰리는 그의 말에 동의하긴 했지만 그 말을 완전히 납득하지는 못하는 것처럼 보였다.

돼지들은 길들인 갈까마귀 모지스가 퍼뜨린 헛소문을 잠재우느라 무척 애를 먹었다. 모지스는 존스 씨가 특별히 아끼는 애완동물이었는데, 스파이요 고자질쟁이였으며, 영리한 말재주꾼이기도 했다. 그는 동물들이 죽으면 모두 〈얼음 사탕 산〉이라는 신비한 나라로 가게 된다고 떠들고 다녔다. 그 나라는 하늘 저 높은 곳, 구름 너머 어디엔가 있다고 떠벌렸다. 〈얼음 사탕 산〉에서는 1주일에 7일이 일요일이고, 1년 내내 토끼풀이 무성하고, 산울타리에는 각설탕과 맛있는 케이크가 열린다고 말했다. 동물들은 빈둥거리며 주둥이나 놀리는 모지스를 싫어했지만, 어떤 동물의 경우 〈얼음 사탕 산〉의 존재를 믿었으므로 돼지들은 이 세상에 그런 곳이 없다는 사실을 설명하느라 땀깨나 흘려야 했다.

지도자 돼지들의 가장 충실한 추종자는 쌍두마차를 끄는 말 복서와 클로버였다. 이 둘은 자기들 스스로 무언가를 생각해내는 능력은 떨어졌지만, 일단 돼지들을 스승으로 모시자 스승이 하는 말씀은 그것이 무엇이든 그대로 따랐고, 그것을 간단하고 쉬운 문장으로 만들어 다른 동물들에게 전파했다. 이 두 성실한 말은 헛간에서 열리는 비밀 집회에 한 번도 빠지지 않고 참석했으며, 집회를 마무리할 때 부르는 〈영국의 동물들〉이란 노래를 앞장서서 불렀다.

그런데 어쩌다 보니 메이저 영감이 갈망했던 반란은 예상했던 것보다 훨씬 빨리, 그리고 보다 쉽게 이루어졌다. 지난 몇 년간 존스 씨는 비록 동물들에게는 매우 엄격한 주인이었지만, 능력 있는 농장 주인이었다. 그런데 최근 들어 실의에 빠진 나날을 보냈다. 그는 어떤 소송을 냈는데, 재판에서 지는 바람에 돈을 날린 뒤 매우 낙담하여 몸이 배겨낼 수 없을 정도로 술을 마셔댔다. 그는 부엌에 있는 높은 등받이 의자에 앉아 빈둥거리며 신문을 읽다가 술을 마시거나, 가끔은 맥주에 적신 빵 껍질을 모지스에게 먹이면서 며칠을 보냈다. 그의 일꾼들은 성실과는 담을 쌓고 께느른하게 걸어 다녔고, 들판에는 잡초가 무성하게 자라 있었으며, 축사 건물의 지붕은 구멍이 나 있었고, 울타리는 방치되어 있었으며, 농장 동물들은 제대로 먹지도 못했다.

6월이 왔고, 건초가 무성하게 자라 베어줘야 할 시기가 되었다. 세례 요한 축일 전날이 마침 토요일이었는데, 그날 존스 씨는 윌링던 읍내로 갔다가 레드 라이언이란 술집에서 술을 진탕 마셨다. 그날 그는 술을 너무 많이 마시는 바람에 일요일 한낮이 될 때까지 집으로 돌아오지 못했다. 농장 일꾼들은 아침 일찍이 암소의 젖을 짜고는, 동물들에게 먹이도 주지 않은 채 토끼 사냥을 하러 나가버렸다. 어찌어찌하여 겨우 집으로 돌아온 존스 씨는 오자마자 〈뉴스 오브 더 월드〉로 얼굴을 덮어쓴 채 거실 소파에 쓰러져 그대로 잠이 들어버렸다. 그리하여 해거름이 질 때까지 동물들은 쫄쫄 굶을 수밖에 없었다.

동물들은 더는 참을 수 없었다. 암소 한 마리가 곡간 문을 뿔로 쳐부수고 들어가자 다른 동물들도 일제히 곡간으로 따라 들어가 곡물 통에 머리를 처박고 정신없이 먹어대기 시작했다. 바로 그때 존스 씨가 잠에서 깨어났다. 존스 씨와 일꾼 네 명은 당장 곡간으로 달려가 손에 든 채찍을 마구 휘둘러댔다. 그러나 이런 짓은 잔뜩 굶주린 동물들을 참을 수 없게 했다. 미리 어찌어찌하자고 계획한 것은 아니었지만, 성난 동물들은 일제히 박해자들에게 몸을 날렸다. 존스와 일꾼들은 사방에서 달려드는 동물들의 뿔에 받히고 발길질을 당했다. 문제는 그들이 동물들의 이 같은 반항을 한 번도 경험한 적이 없었다는 것이다. 마음 내키는 대로 채찍질하고 학대를 일삼아도 고분고분했던 동물들이 갑자기 소동을 부리자 공포와 두려움으로 어찌할 줄을 몰랐다. 잠시 그들은 이리저리 방어해보다가 결국 포기하고 줄행랑을 쳤다. 얼마 후 그들 다섯 명의 인간은 큰길로 이어지는 마찻길을 따라 미친 듯이 도망치고 있었고, 동물들은 의기양양하게 그들을 쫓아냈다.

마침 그때 침실에서 창밖을 내다보던 존스 부인이 이런 놀라운 광경을 목격하고는 소지품 몇 가지를 융단 가방에 서둘러 쑤셔 넣고는 농장의 샛길로 도망쳤다. 횃대 위에서 이를 지켜보던 갈까마귀 모지스는 깜짝 놀라 부인의 뒤를 퍼덕이며 쫓아가면서 큰 소리로 깍깍거리며 울어댔다. 존스와 일꾼들을 큰길까지 몰아낸 동물들은 빗장이 다섯 개나 되는 정문을 쾅 하고 닫아걸었다. 사건은 숨 쉴 틈도 없이 몰아닥쳐 동물들 자신도 자기들에게 무슨 일이 일어났는지 알아채기도 전에 반란은 성공을 거두었다. 존스는 쫓겨났고 농장은 동물들 차지가 된 것이다.

처음 얼마 동안 동물들은 자신들에게 일어난 행운이 믿어지지 않았다. 그들이 자유의 몸이 되어 첫 번째로 한 일은, 농장 어디에도 인간은 한 명도 없다는 사실을 확인하기 위해 한데 모여 농장을 한 바퀴 경중경중 도는 것이었다. 그러고 나서 그들은 가증스러운 존스 시대의 자취를 깡그리 제거하기 위해 농장 건물로 뛰어 들어갔다. 마구간 끝에 있는 마구실은 문이 부서져 열려 있었다. 재갈, 코뚜레, 개 목걸이, 그리고 존스 씨가 돼지와 양을 거세하는 데 사용했던 잔인한 칼 등의 도구를 꺼내 모조리 우물에 던져 넣었다. 그리고 고삐,

굴레, 말의 눈가리개, 코 밑에 매다는 창피스러운 여물 망태 등도 모두 마당 저편에 지핀 쓰레기 불 속으로 내던졌다. 채찍도 마찬가지였다. 동물들은 채찍이 불에 휩싸이는 것을 보자 모두 기쁨에 들떠 뛰어다녔다. 스노볼은 장날마다 말의 갈기털과 꼬리털을 장식하곤 했던 리본들을 불 속으로 던져 넣었다.

스노볼이 말했다.

"리본은 인간임을 표시하는 옷으로 간주해야 합니다. 우리 동물은 아무것도 걸치지 말아야 합니다."

쌍두마차를 끄는 복서가 이 말을 듣고 여름철에 귓가를 윙윙거리며 날아다니는 파리 떼를 쫓기 위해 썼던 작은 밀짚모자를 가져와 다른 것과 함께 불 속으로 던져 넣었다.

동물들은 존스 씨를 생각나게 하는 것들을 모조리 없애버렸다. 수퇘지 나폴레옹은 동물들을 곡간으로 모이게 해 모두에게 옥수수를 평소 배급량의 두 배로 나누어주었고, 개에게는 과자를 두 조각씩 주었다. 그리고 나서 동물들은 합창으로 〈영국의 동물들〉을 처음부터 끝까지 일곱 번이나 연속하여 불렀다. 노래를 끝으로 그날 밤의 모든 행사가 마무리되자 잠잘 준비를 한 후, 전에는 결코 느껴보지 못한 꿀맛 같은 단잠에 빠져들었다.

동물들은 평상시와 마찬가지로 새벽이 되자 번뜩 눈이 떠졌지만, 전날 밤에 일어났던 영광스러운 일을 불현듯 떠올리고는 한달음에 목초지로 달려 나갔다. 목장에서 조금 떨어진 곳에는 농장 전체를 조망할 수 있는 야트막한 둔덕이 있었다. 동물들은 그 둔덕 꼭대기로 달려가서 맑고 밝은 아침 햇살을 받으며 사방을 휘휘 둘러보았다. 그랬다! 이 농장, 이 땅은 이제 그들의 것이었다. 사방에 보이는 모든 것이 그들의 것이었다. 이런 황홀한 생각을 하자 흥분한 나머지 동물들은 펄쩍펄쩍 뛰어다니기도 하고, 주위를 빙글빙글 돌기도 했다. 또 아침 이슬에 굴러보기도 하고, 여름날 아침의 향긋한 풀을 한입 가득 뜯어보기도 하고, 검은 흙덩어리를 발로 차올려 그 풍부한 흙냄새를 킁킁거리며 맡기도 했다. 그런 다음 동물들은 대열을 지어 농장 전체를 시찰했는데, 논밭이며 목초지, 과수원, 연못, 숲 등을 바라보자 감격에 겨워 뭐라고 말을 할 수가 없었다. 그들은 전에는 그것들을 한 번도 보지 못한 것 같았으며, 심지어 지금도 그 모든 것이 자기들 소유가 되었다는 사실이 믿기지 않았다.

그리고 나서 동물들은 줄을 지어 축사로 돌아온 뒤 농장 본체의 문 앞에서 말없이 발걸음을 멈추었다. 그 저택도 그들의 소유가 됐지만, 겁이 나서 감히 안으로 들어갈 용기가 나지 않았다. 그러나 잠시 후 스노볼과 나폴레옹이 앞다리로 문을 들이받자, 동물들은 한 줄로 줄을 지어 들어가 집 안에 있는 물건들이 망가질까 봐 조심하면서 걸었다. 그들은 소곤소곤 이야기하며 이 방 저 방을 돌아다니며, 믿을 수 없을 정도로 호사스러운 사치품들을 일종의 경외감에 사로잡혀 바라보았다. 동물들은 자신들의 털로 만든 매트리스를 깔아놓은 침대, 전신 거울, 말총 소파, 꽃무늬를 수놓은 모직 융단, 거실 벽난로 위에 걸어놓은 빅토리아 여왕의 석판화 등을 경이에 찬 눈으로 바라보았다.

계단을 막 내려가던 동물들은 예쁜 흰 말 몰리가 없어진 것을 알았다. 다시 돌아가 보니 몰리는 집안의 가장 좋은 침실에 얼쩡거리며 서 있는 것이 아닌가. 몰리는 존스 부인이 쓰던 화장대에서 푸른 리본 하나를 꺼내어 어깨에 대고, 거울에 비친 자기 모습을 입을 벌린 채 멍하게 바라보며 감탄스러워했다. 그래서 여러 동물이 몰리를 심하게 나무라고는 밖으로 데리고 나왔다. 그들은 부엌에 매달린 돼지고기 햄 몇 덩어리를 땅에 묻어주었고, 주방에 있던 맥주 통은 복서가 발굽으로 한 대 걷어차 박살을 내버렸다. 그 외에 집 안에 있는 물건은 어느 것도 건드리지 않았다. 농장 본채를 박물관으로 보존하자는 결의안이 그 자리에서 만장일치로 채택되었기 때문이다. 동물은 누구도 집 안에서 살아서는 안 된다는 의견에 모두 동의했다.

아침 식사가 끝나자 스노볼과 나폴레옹이 동물들을 다시

모이라고 했다.

스노볼이 말했다. "동무들, 지금 시간이 여섯 시 반이오. 오늘 하루는 우리의 것이오. 이제부터 건초 수확을 시작합시다. 그런데 우선 처리해야 할 문제가 있소."

돼지들은 그제야 지난 석 달 동안 존스 씨의 아이들이 사용하다가 쓰레기더미에 던져버린 낡은 철자법 책을 주워서 읽고 쓰는 법을 스스로 깨우쳤다고 털어놓았다. 나폴레옹은 흰색과 검은색 페인트 통을 가져오라고 해서 동물들을 큰길로 통하는 다섯 개의 가로대가 걸려 있는 문으로 데려갔다. 거기서 동물들 중에 글씨를 가장 잘 쓰는 스노볼이 앞발의 두 발굽 사이에 붓을 끼우고 제일 위의 가로대에 적힌 '매너 농장'이라는 글자를 지우고 '동물농장'이라고 썼다.

이제부터는 그것이 새 농장의 이름이 되었다. 그 일을 마친 동물들은 농장 축사로 돌아왔고, 스노볼과 나폴레옹은 사다리를 가져와 커다란 헛간의 한쪽 벽면에 세웠다. 그들은 돼지들이 지난 3개월간의 연구 끝에 동물주의 원리를 7계명으로 요약해냈다고 동물 동지들에게 설명했다. 그 7계명을 지금 헛간 벽에 적기로 한 것이다. 이 계명은 동물농장의 모든 동물이 앞으로 영원히 준수하며 살아야 할 변하지 않는 법이 될 것이라고 말했다. 돼지가 균형을 잡고 사다리 위로 올라가는 것은 쉬운 일이 아니었기 때문에 스노볼은 여러 번의 실수 끝에 어렵사리 사다리를 타고 올라가는 데 성공해 글을 쓰기 시작했다. 그때 스퀼러가 사다리 몇 칸 밑에 서서 페인트 통을 들고 스노볼을 도왔다. 타르를 칠한 검은 벽에 흰색으로 30미터 밖에서도 볼 수 있을 정도의 큰 글씨로 7계명을 써 내려갔다. 계명의 내용은 다음과 같았다.

7계명

1. 두 발로 걷는 자는 누구나 적이다.
2. 네 발로 걷거나 날개가 달린 자는 누구나 친구다.
3. 어떤 동물도 옷을 입어서는 안 된다.
4. 어떤 동물도 침대에서 자서는 안 된다.
5. 어떤 동물도 술을 마셔서는 안 된다.
6. 어떤 동물도 다른 동물을 죽여서는 안 된다.
7. 모든 동물은 평등하다.

계명은 깔끔하고 또박또박 씌어 있었다. 다만 'friend친구'라는 알파벳의 순서가 하나 바뀌어 'freind'라고 썼고, S 자 하나가 좌우로 뒤집어진 걸 제외하면 모든 철자가 정확했다. 스노볼이 다른 동물들을 위해 7계명을 큰 소리로 읽어주었다. 동물들은 계명에 전적으로 동의한다는 표시로 고개를 끄덕였고, 좀 더 똑똑한 동물들은 그 자리에서 7계명을 줄줄 외기 시작했다.

스노볼이 페인트 붓을 내던지면서 큰 소리로 말했다.

"자, 동무들! 이제 풀밭으로 갑시다! 우리는 동물의 명예를 걸고 존스와 그 일꾼들이 했던 것보다 더 빠른 속도로 건초를 수확해 들입시다."

그런데 바로 이 순간, 몇 시간 전부터 불안해 어쩔 줄 모르던 암소 세 마리가 큰소리로 음매 하고 울부짖는 것이었다. 암소들은 지난 24시간 내내 우유를 짜지 못했기 때문에 젖통이 거의 터질 지경이었다. 잠시 생각에 잠겨 있던 돼지들이 양동이를 가져오게 해 암소들의 젖을 제법 솜씨 있게 짰다. 돼지의 갈라진 앞발이 이 일을 하는 데 적당했다. 거품이 이는 크림색 우유가 다섯 양동이나 생겼고, 많은 동물들이 상당한 관심을 갖고 우유를 바라보았다.

"저 우유를 다 어떻게 하려고?" 누군가가 물었다.

"존스는 우리 먹이에 가끔 우유를 섞어서 줄 때가 있었는데……." 암탉 중의 한 마리가 말했다.

"우유에 신경 쓸 것 없어요. 동무들!" 나폴레옹이 양동이 앞으로 나서며 큰소리로 외쳤다. "우유는 잘 처리될 거요. 중요한 것은 건초를 수확하는 일이오. 이제부터 스노볼 동무가 여러분을 인도할 것이오. 나는 몇 분 뒤에 따라가겠소. 자, 동무들! 앞으로 전진! 풀밭이 기다리고 있소."

　그리하여 동물들은 목초지를 향해 전진했다. 그리고 저녁에 농장으로 돌아왔을 때 동물들은 우유가 없어진 것을 알아차렸다.

3장

그날, 동물들은 건초용 풀을 거두어들이느라 얼마나 많은 땀을 흘리며 고생을 했던가! 다행히 거둬들인 수확은 기대했던 것보다 훨씬 많아서 노력이 헛되지는 않았다.

때로는 그 일이 퍽 힘들 때도 있었다. 대부분의 도구는 인간이 사용하기 알맞게 제작된 것이었으므로, 동물이 쓰기에는 매우 불편했다. 특히 인간이 두 발로 서서 사용했던 농기구를 동물이 쓰려면 뒷발로 서서 사용해야 했는데, 어떤 동물도 두 발로 서서 농기구를 사용할 수 없다는 점이 문제였다. 하지만 돼지들은 영리해서 어떤 어려움이 닥쳐도 해결 방안을 찾아냈다. 말들은 들판 구석구석을 훤히 꿰고 있었고, 건초를 베어 거두어들이는 일은 존스와 일꾼들이 했던 것보다 사실상 훨씬 능숙했다. 돼지들은 직접 일에 뛰어들지는 않고 다른 동물들에게 지시하고 감독하기만 했다. 다른 동물들보다 뛰어난 지식을 갖춘 돼지들이 농장의 지휘권을 행사하는 것은 어찌 보면 당연했다. 쌍두마차를 끄는 복서와 클로버는 풀을 베는 기구나 써레를 몸에 묶고 열심히 들판을 빙글빙글 돌아다니며 건초를 모았고, 그 뒤를 돼지 한 마리가 따라가며 상황에 따라 "오른쪽으로 도시오, 동무!", "서시오, 동무!"라고 소리치곤 했다. 물론 이제는 재갈이나 고삐가 필요 없었다. 심지어는 오리와 닭조차도 뜨겁게 내리쬐는 뙤약볕 아래 온종일 왔다 갔다 하면서 작은 부리로 건초 단을 물어 나르는 일을 했다. 마침내 동물들은 존스와 일꾼들이 평소에 했던 것보다 이틀이나 앞당겨 수확을 끝마쳤다. 게다가 그해는 농장 역사상 일찍이 볼 수 없었던 대풍년이었다. 버릴 것은 아무것도 없었다. 암탉과 오리가 예리한 눈으로 지푸라기 한 가닥까지 모조리 찾아왔다. 농장의 어떤 동물도 풀 한 포기 훔쳐 먹는 일이 없었다.

그해 여름, 농장 일은 시곗바늘처럼 정확하게 돌아갔다. 동물들은 그런 일이 가능하리라고는 생각도 못 했기 때문에 너무나 행복했다. 지금 자신들이 먹는 식량은 인색한 주인이 찔끔찔끔 동냥 주듯 던져주는 것이 아니라 자신들이 손수 경작한 먹이, 진정한 자신들의 먹이었기 때문이다. 쓸모없는 기

생충 같은 인간이 사라지자 동물들 각자에게 돌아가는 식사량이 예전보다 훨씬 풍성해졌다. 비록 제대로 여가를 즐기지는 못했지만 나름대로 여가도 가졌다. 하지만 시련도 있었다. 예를 들어 가을이 되어 옥수수를 수확할 때, 농장에 탈곡기가 없어서 동물들은 옛날 방식으로 발로 밟아 옥수수 알갱이를 털어낸 뒤 입으로 후후 불어서 껍질을 날려야 했다. 이후 영리한 돼지들이 머리를 쓰고 복서의 엄청난 힘을 이용해 그 문제를 극복했다. 그 일로 복서는 모든 동물로부터 칭찬을 받았다. 그는 존스가 주인이었던 시절에도 가장 열심히 일하는 일꾼이었지만, 지금은 말 한 마리가 아니라 세 마리를 합쳐놓은 것만큼이나 많은 일을 해냈다. 농장 일 전체가 그의 억센 두 어깨에 달려 있는 것처럼 보일 정도였다. 그는 아침부터 밤까지 지칠 줄 모르고 일했으며, 가장 큰 힘을 써야 하는 현장에는 언제나 그가 있었다. 그는 수탉 한 마리에게 아침에 다른 동물들보다 30분 일찍 깨워달라고 부탁했다. 또한 정규 일과가 시작되기 전에 자신이 급히 처리해야 할 일이 무엇인지 알아보고 해당 장소로 가서 자발적으로 일을 했다. 어떤 문제가 닥쳐 곤란해지면 그는 "내가 좀 더 힘을 써볼게."라고 말하곤 했는데, 그 말은 그의 영원한 삶의 모토였다.

그 외의 여타 동물들은 능력에 따라 일을 했다. 예를 들어 암탉과 오리는 옥수수를 수확할 때 흘린 낟알을 주워 모으는 일을 해서 자그마치 옥수수 다섯 말 분량을 덤으로 수확했다. 어떤 동물도 무얼 훔칠 생각을 하지 않았고, 배급량이 적다고 불평하지도 않았다. 옛날 존스 시절에는 그토록 흔했던 싸움질이며 물어뜯기, 질투 같은 것들이 거의 사라지고 없었다. 아니, 거의 모든 동물이 꾀를 부리며 책임을 회피하는 일이 없었다.

사실 암말인 몰리는 아침에 잘 일어나지 못했고, 발굽에 돌이 끼었다는 핑계를 대며 작업장에서 일찍 떠날 때가 잦았다. 고양이 녀석의 행동도 다소 특이했다. 모든 동물이 힘을 모아야 할 일이 생길 때면 녀석이 자취를 감춰버린다는 사실을 알게 되었다. 여러 시간 모습을 감췄던 녀석이 아무 일도 없었던 것처럼 슬며시 나타났는데, 그럴 때는 대개 식사 시간이거나 일이 모두 끝난 후였다. 하지만 고양이는 언제나 뭔가 핑계를 대거나 말할 수 없이 귀엽게 살랑거렸기 때문에 다른 동물들이 미워할 수가 없었다. 당나귀 벤저민 영감은 반란 후에도 전혀 변함이 없었다. 그는 존스 시절과 마찬가지로 느리고 고집스럽게 자기 일을 해냈다. 영감은 게으름을 피우는 일도 없었고, 초과근무를 자원하지도 않았다. 반란과 그 결과에 관해 그는 어떠한 견해도 밝히지 않았다. 존스가 사라져서 더 행복하지 않느냐는 질문을 받으면 그는 언제나 "당나귀는 명이 길어. 너희 중 누구도 당나귀가 죽은 것을 보지 못했을걸."

이라고 대답했다. 그래서 다른 동물들은 이 알쏭달쏭한 대답에 그저 만족해야만 했다.

일요일에는 모두 쉬었다. 아침은 다른 때보다 한 시간 늦추어 먹었고, 아침 식사를 마친 뒤에는 매주 빠짐없이 한 가지 의식을 치렀다. 의식의 첫 순서는 깃발 게양식이었다. 스노볼은 도구 창고에서 존스 부인의 낡은 녹색 식탁보를 찾아내 그 위에 흰색으로 발굽과 뿔을 그려 넣었다. 매주 일요일 아침이면 이 깃발을 농장 정원에 있는 깃발 게양대에 걸었다. 스노볼이 말하길 이 녹색 깃발은 영국의 푸른 들판을 의미하며, 발굽과 뿔은 모든 인간을 최종적으로 몰아낸 뒤에 세워질 '동물 공화국'을 의미한다고 말했다.

깃발 게양식이 거행된 뒤 동물들은 '집회'라고 부르는 전체 회의를 개최하기 위해 커다란 헛간에 모였다. 집회 때 동물들은 다음 주의 작업 계획을 세웠고, 여러 안건이 제출되었으며, 토의가 진행되었다. 안건을 제출하는 동물은 언제나 돼지들이었다. 다른 동물은 투표 방식을 이해하기는 했지만, 새로운 안건을 스스로 생각해내지는 못했다. 스노볼과 나폴레옹은 매우 열정적으로 토론에 참여했다. 시간이 지나면서 이 두 돼지가 의견의 일치를 보는 경우가 거의 없다는 사실이 드러났다. 한쪽이 어떤 제안을 하면 다른 쪽은 어김없이 반대 의견을 제시했다. 심지어 과수원 뒤의 조그마한 풀밭을 동물들이 일한 뒤 쉴 수 있는 휴식 공간으로 놓아두자는 결의안—이 안에 대해 누구도 반대하지 않았다—이 채택된 뒤 각각의 동물들에게 적합한 은퇴 연령을 둘러싸고 격렬한 토론을 벌였다. 그러나 '집회'가 끝날 때면 언제나 〈영국의 동물들〉을 큰 소리로 합창했고, 오후에는 오락을 즐기며 시간을 보냈다.

돼지들은 도구 창고를 자신들의 본부로 정했다. 돼지들은 저녁마다 그곳에서 대장간 일, 목수 일 등 온갖 생활에 필요한 기술을 농장 본채에서 가져온 책을 보면서 익혔다. 스노볼은 다른 동물들을 대상으로 '동물 위원회'라는 걸 조직하느라 바빴다. 그는 그런 일을 할 때면 지칠 줄 모르는 열정을 불태웠다. 스노볼은 암탉들을 위해 '달걀 생산 위원회'를, 암소들을 위해서는 '청결한 꼬리 연맹'을, 쥐와 토끼들을 위해서는 '야생 동물 재교육 위원회'(이 조직의 목적은 쥐와 산토끼를 길들이기 위한 것이었다)를, 양들을 위해서는 '더 하얀 털 생산 운동'을 조직했다. 그 외에도 여러 동맹 조직이 있었고, 읽기와 쓰기 교육을 하는 학습반도 만들어졌다. 이 계획들은 전반적으로 실패했다. 예를 들어 야생 동물을 길들이려는 계획은 시작하자마자 아무 성과도 없이 실패하고 말았다. 쥐, 토끼 등의 야생 동물들은 절대 몸에 익은 습관을 고치려 하지 않았으며, 위원회가 관대하게 대해주면 그것을 역이용하려 들었다. 고양이는 '야생 동물 재교육 위원회'에 참여했는데, 처음 얼마 동안은 열성을 보였다. 그러나 어느 날, 지붕 위에 올라앉아 저만치 떨어져 앉아 있는 참새들에게 말을 거는 것이 목격되었다. 고양이는 모든 동물들이 이제는 동지가 됐으니 너희 참새들도 원하면 기꺼이 자신의 앞발을 내줄 수 있다고 말했지만, 참새들은 누구도 가까이 다가가려 하지 않았다.

하지만 읽기와 쓰기 학급은 장족의 발전을 거두었다. 가을로 접어들자 농장의 거의 모든 동물이 조금씩은 문자를 깨치게 되었다.

영리한 돼지들은 거의 완벽하게 읽고 쓸 수 있었다. 개들도 영리해서 읽는 법을 꽤 배웠지만, 7계명 이외의 글을 읽는 것에는 관심이 없었다. 염소인 뮤리엘은 개들보다 글을 읽는 실력이 더 나았고, 때로는 쓰레기 더미에서 주워 온 신문지 쪼가리를 저녁에 다른 동물과 함께 읽어보자고 제안하기도 했다. 당나귀 벤저민은 어떤 돼지들보다도 더 잘 읽을 수 있었지만, 자기의 실력을 드러내놓고 보여주는 법이 없었다. 그는 근엄하게 자기가 아는 한 이 세상에서 읽을 만한 가치가 있는 건 아무것도 없다고 말했다. 암말인 클로버는 철자를 모두 배웠지만, 그것들을 모아 연결하는 것을 어려워했다. 같은 쌍두마차를 끄는 복서는 알파벳 D까지 깨치고는 더는 진도가 나가지 못했다. 그는 커다란 발굽으로 땅바닥에 A, B, C, D 까지 쓰고는 귀를 젖히고 머리칼을 흔들며 서서 그 철자들을 우두커니 바라보며, 'D' 다음에 오는 철자가 무엇인지 생각해 내려고 머리를 쥐어짰지만, 결국은 기억해내지 못했다. 실제 로 그는 D 다음의 E, F, G, H를 여러 번 배웠지만, 그것을 거 의 알아갈 때쯤 되면 처음에 배운 A, B, C, D를 까먹어버렸다. 마침내 그는 그 네 자를 아는 것에 만족하기로 하고, 자신이 깨친 철자들을 매일 한 번이나 두 번씩 써서 잊지 않으려 노 력했다. 우아한 흰 말 몰리는 자기 이름 외에 더는 아무것도 배우려 들지 않았다. 그녀는 자기 이름을 나뭇가지로 멋지게 꾸며놓고는 꽃을 한두 송이 따다가 장식한 뒤 스스로 감탄해 서 글자 주변을 맴돌았다.

농장에 있는 그 밖의 동물들은 알파벳 첫자인 'A' 이상의 진도를 나가지 못했다. 양이나 암탉, 오리같이 머리가 가장 나쁜 동물들의 경우 7계명조차 암기할 수 없다는 사실이 밝 혀졌다. 스노볼은 곰곰이 생각한 끝에 7계명을 '네 발은 좋고 두 발은 나쁘다'라는 한 줄짜리 금언으로 요약했다고 선언했 다. 그는 이 금언이 동물주의의 기본 원리를 내포하고 있다 고 말했다. 어떤 동물이든 이 말의 의미를 충분히 숙지한다면 인간의 영향으로부터 안전할 것이라고 말했다. 새들은 자기 들의 다리가 두 개라고 생각했기 때문에 처음에는 이 구호에 반대했지만, 스노볼이 그렇지 않다는 것을 새들에게 알아듣게 납득시켰다.

스노볼이 말했다.

"동무들, 새의 날개는 추진기관이지 나쁜 짓을 하는 조작기관이 아니오. 그러니 날개를 다리로 생각해야 한단 말이오. 인간을 나타내는 뚜렷한 특징은 '손'이오. 다시 말해 인간이 온갖 못된 짓을 저지르는 도구는 '손'이란 말이오."

머리 나쁜 새들은 스노볼이 길게 늘어놓는 어려운 문장을 이해하지는 못했지만, 그의 설명을 받아들이기로 했다. 그리고 새들을 찜쪄먹을 정도로 머리 나쁜 동물들도 이 구호를 열심히 암기했다. 헛간 벽의 '7계명' 위쪽에는 좀 더 큰 글씨로 '네 발은 좋고 두 발은 나쁘다'라는 문장이 추가되었다. 양들은 이 구호를 일단 암기하자 그 구호가 갈수록 좋아졌다. 그래서 들판에 누워 있을 때면 종종 매 하고 울면서 "네 발은 좋고 두 발은 나쁘다! 네 발은 좋고 두 발은 나쁘다!"라는 구호를 지칠 줄도 모르고 몇 시간이고 계속 외쳐댔다.

나폴레옹은 스노볼이 만든 위원회들에 냉담했다. 나폴레옹은 어린 동물을 교육하는 것이 이미 어른이 된 동물들을 위한 교육보다 훨씬 중요하다고 말했다. 건초 수확이 끝나자마자 암캐 제시와 수캐 블루벨 사이에서 튼튼한 강아지 아홉 마리가 태어났다. 새끼들이 젖을 떼자마자 나폴레옹은 강아지들을 어미에게서 떼어내 어디론가 데려가면서 자기가 이 강아지들의 교육을 책임지겠다고 말했다. 그는 사다리를 타고 올라가야 하는 도구 창고 위의 높은 다락방으로 강아지를 데려가 어미와 격리해버렸다. 그러는 바람에 농장의 다른 동물들은 그 강아지들이 있다는 사실조차 잊어버렸다.

우유가 어디로 사라지는가에 대한 수수께끼는 곧 풀렸다. 우유는 매일 돼지들이 먹는 사료에 들어간다는 사실이 밝혀졌다. 조생종 사과가 막 익어가고 있는 과수원 풀밭에는 바람에 떨어진 사과가 여기저기 나뒹굴었다. 동물들은 물론 이 사과들이 자기네들에게 공평하게 나누어지리라 생각했다.

그러던 어느 날, 바람에 떨어진 사과를 모두 주워 모아 마구실의 돼지들에게 바치라는 명령이 떨어졌다. 다른 동물들이 이 명령을 듣고 불평하긴 했지만 아무 소용이 없었다. 이 문제에서만은 모든 돼지의 의견이 일치했는데, 심지어 스노볼과 나폴레옹조차 같은 의견이었다. 다른 동물들에게 돼지에게 사과가 필요하다는 이유를 설명하기 위해 달변가인 스퀼러가 나섰다.

스퀼러는 "동무들," 하고 부른 후에 계속하여 외쳐댔다.

"여러분은 우리 돼지들이 이기심이나 특권 의식 때문에 이런 일을 한다고 생각하는 건 아니겠지요? 사실 대다수의 돼지들은 우유와 사과를 그리 좋아하지 않습니다. 나 역시 마찬가지입니다. 우리가 이런 걸 먹는 이유가 있다면 그것은 오직 건강을 유지하기 위해서입니다. 동무들, 우유와 사과에는 돼지의 건강 유지에 꼭 필요한 특정 영양소가 들어 있음이 과학적으로 밝혀졌습니다. 우리 돼지들은 두뇌 노동자 아닙니까? 이 농장을 관리하는 것은 물론 조직을 운영하는 것도 우리의 어깨에 달려 있다는 걸 잘 아실 것입니다. 밤낮으로 우리는 여러분의 안녕과 복지를 챙기느라 여념이 없습니다. 따라서 우리가 우유를 마시고 사과를 먹는 것은 바로 여러분을 위해서입니다. 만일 우리 돼지들이 의무를 게을리하면 어떤 일이 벌어질지 모르십니까? 그래요, 바로 존스가 돌아올 겁니다! 존스가 돌아온다고요! 틀림없습니다, 동무들!"

스퀄러는 꼬리를 흔들면서 이쪽저쪽으로 왔다 갔다 했는데, 그의 말은 거의 간청하는 소리처럼 들렸다.

"설마 여러분 가운데 존스가 돌아오는 것을 원하시는 분은 없겠지요?"

이제 동물들이 확실히 깨우친 것이 딱 하나 있었는데, 그것은 누구도 존스가 돌아오는 걸 원하지 않는다는 사실이었다. 스퀄러가 이런 식으로 알아듣게 설명하자 동물들은 더는 할 말이 없어졌다. 자신들을 이끄는 돼지들의 건강을 유지하는 것이 얼마나 중요한 일인지 너무나 명백해졌기 때문이다. 그래서 우유와 바람에 떨어진 사과, 그리고 다 익은 후 수확하는 사과도 모두 돼지들의 몫으로 비축해두어야 한다는 주장에 대해 누구도 이러쿵저러쿵 따지는 일이 없었다.

4장

늦여름으로 접어들 무렵, 동물농장에서 일어난 사건을 둘러싼 소문이 영국 땅 절반 정도까지 퍼져 나갔다. 스노볼과 나폴레옹은 매일 비둘기 떼를 동물농장 밖으로 날려 보냈다. 비둘기들의 임무는 근처에 있는 다른 농장으로 찾아가 그곳 동물들과 어울리면서 동물농장에서 일어난 반란 사건을 전하고, 〈영국의 동물들〉이란 노래를 가르치는 일이었다.

한편 농장에서 쫓겨난 존스 씨는 윌링던에 있는 레드 라이언 술집에 앉아 자기 이야기를 들어주는 사람이면 누구나 붙잡고 자신이 벌레만도 못한 동물 패거리에게 농장을 빼앗겼으니, 이렇게 억울한 일이 어디 있겠느냐며 하소연했다. 그의 말을 들은 다른 농장주들은 그의 말에 원칙적으로 동정하기는 했지만, 당장 이렇다 할 만한 도움을 주지는 못했다. 사실은 하나같이 존스의 불행을 어떻게 해서든지 자신에게 유리하게 이용해먹을 생각만 했다.

동물농장 근처에는 또 다른 농장 두 곳이 있었는데, 그 두 농장의 주인들은 오래전부터 서로 앙숙이었다. 두 농장 중 한 곳은 '폭스우드'라고 불리는 곳으로, 경지는 꽤 넓었지만 관리가 허술한 구식 농장이었다. 삼림이 농장을 침범해 목초지는 황폐했고, 울타리도 봐줄 수가 없을 정도로 망가져 있었다. 그 농장의 주인인 필킹턴 씨는 태평스러운 건달로, 철철이 낚시며 사냥을 하면서 대부분의 시간을 보냈다. 한편 '핀치필드'라는 이름의 농장은 규모는 좀 작았지만, 관리가 꽤 잘된 농장이었다. 그 농장의 주인은 프레더릭 씨였는데, 그는 강인하고 빈틈없는 사람으로, 늘 소송사건에 연루되어 있었고, 흥정이 벌어졌다 하면 사건을 자기에게 유리한 방향으로 끌어가기로 유명했다. 이 두 사람은 서로를 너무나 싫어해서 어떤 일에도, 심지어 자신들의 이익을 수호하는 일에서조차 의견의 일치를 보지 못했다.

하지만 동물농장에서 반란이 발생했다는 소식에 대해서만은 두 사람이 똑같이 놀라 겁을 집어먹고, 자기네 농장의 동물들이 그 소식을 전해 듣지 못하도록 막느라 전전긍긍했다. 그들은 동물들이 스스로 농장을 경영한다는 소리를 처음 들었을 때는 콧방귀를 뀌었다. 그들은 그 소동이 보름도 채 못 갈 것이라고 장담했다. 그와 함께 매너 농장('동물농장'이라는 이름을 용납할 수 없었기 때문에 계속 매너 농장이라고 불렀다)의 동물들은 밤낮 서로 싸움질이나 하고, 생산적인 일을 해낼 수 없기 때문에 결국 굶어 죽게 될 것이라고 소문을 퍼뜨렸다. 그런데 한참이 지나고 나서도 동물들이 굶어 죽지 않았다는 사실이 명백해지자 프레더릭과 필킹턴은 말을 바꾸어 지금 동물농장에서는 무시무시하고 끔찍한 일이 벌어지고 있다는 소문을 내기 시작했다. 그곳에서는 동물들이 동족 살육을 자행하고 있으며, 시뻘겋게 달군 말편자로 서로를 고문하고, 암컷들은 모두가 공동으로 소유한다는 소문을 퍼뜨렸다. 그들은 이는 바로 자연법칙을 거스른 반역의 당연한 결과라고 떠들어댔다.

그러나 그런 이야기들이 모두 액면 그대로 받아들여지지는 않았다. 인간들이 쫓겨나고 동물들이 스스로 농장을 경영하는 기적적인 농장이 있다는 소문은 막연하면서도 조금은 왜곡된 형태로 변질되어 계속 퍼져 나갔고, 그해 내내 반란의 물결이 그 지역 일대로 퍼져 나갔다. 그러자 늘 유순하기만 했던 황소들이 갑자기 난폭해졌고, 양들은 울타리를 부수고 나가 토끼풀을 마구 뜯어 먹었으며, 암소들은 양동이를 발로 걷어차 뒤집어버렸고, 사냥용 말들은 달리다가 울타리를 보면 뛰어넘기를 거부하고 갑자기 멈춰 서서 자기 등에 올라탄 인간들이 울타리 너머에 떨어져 나뒹굴도록 내동댕이쳐버렸다. 게다가 〈영국의 동물들〉의 노래 곡조는 물론이고 가사까지 도처에 알려졌다. 그 전파 속도는 놀라울 정도로 빨랐다. 이 노래를 들어본 인간들은 돼먹지 못한 노래라고 생각하는 척했지만, 속으로는 끓어오르는 분노를 참을 수 없었다. 한편으로는 아무리 동물이지만 어떻게 그처럼 쓰레기 같은 노래를 부르게 되었는지 이해할 수 없다고 말했다. 어떤 동물이든 그 노래를 부르다 인간에게 들키기라도 하면 그 자리에서 매질을 당했다. 그렇지만 아무리 고통을 당해도 노래 부르는 것을 억누를 수가 없었다. 지빠귀는 산울타리 속에서 노래를 지저귀었고, 비둘기는 느릅나무 숲속에서 노래를 구구거렸다. 노랫소리는 대장장이의 시끄러운 망치질 소리와 교회의 종소리에도 섞여 들었다. 인간들은 이 노래를 들을 때면 자신들의 미래 운명에 대해 불운한 예언을 듣는 것 같아 남몰래 몸서리를 쳤다.

시월 초순이 되어 옥수수를 다 베어 쌓아놓고 그중 일부는 이미 탈곡까지 끝냈을 무렵, 비둘기 떼가 매우 흥분하여 공중을 선회하다가 동물농장의 마당에 내려앉았다. 비둘기 떼가 전한 말에 의하면 존스와 그 일당이 폭스우드 농장과 핀치필드 농장에서 파견한 여섯 명의 사람들과 함께 다섯 개의 가로대가 있는 문으로 들어와 농장으로 이어지는 마찻길을 따라 올라오고 있다는 것이었다. 인간들은 모두 몽둥이를 들고 있고, 존스는 양손에 총을 움켜쥐고 선두에 서서 올라오고 있다고 했다. 두말할 것도 없이 그들은 농장을 탈환하려는 것이 분명했다.

이런 사태는 동물들이 오래전부터 예견했던 일이라서 이미 사전 준비를 끝내놓고 있었다. 스노볼은 농장 본채에서 발견한 율리우스 카이사르가 전쟁에 관해서 쓴 옛날 책을 이미 읽고 연구했으므로, 방어 작전의 지휘를 맡았다. 그는 재빨리 명령을 내렸고, 모든 동물들은 2분도 채 되지 않아 각자의 위치에 배치되었다.

인간들이 농장 건물 쪽으로 진격해 왔을 때 스노볼이 첫 번째 공격을 개시했다. 순간 서른다섯 마리나 되는 비둘기들이 휙 날아올라 인간들의 머리 위로 이리저리 날아다니며 똥 폭탄을 떨어뜨렸다. 인간들이 비둘기 똥을 털어내느라고 우왕좌왕하는 사이 울타리 뒤에 매복해 있던 거위들이 돌진하여 뾰족한 부리로 인간들의 장딴지를 미친 듯이 쪼아댔다. 하지만 이런 공격은 적에게 혼란을 주기 위한 가벼운 전초전일 뿐이었다. 인간들은 들고 있던 몽둥이로 거위들을 금세 쫓아내 버렸다. 스노볼은 두 번째 공격대를 출동시켰다. 염소 뮤리엘, 당나귀 벤저민을 비롯하여 많은 양떼들이 스노볼과 함께 돌진하여 사방에서 인간들을 뿔로 찌르고 머리로 들이박았다. 그러는 한편 벤저민은 몸을 휙 돌려 작은 발굽으로 인간들에게 발길질을 해댔다. 하지만 동물들은 몽둥이와 징 박은 장화로 무장한 인간들을 당해낼 수가 없었다. 갑자기 스노볼이 꽥꽥거리며 후퇴 신호를 보내자 동물들은 모두 돌아서서 대문을 지나 마당으로 도망쳤다.

인간들은 승리의 환호성을 질렀다. 자신들이 예상했던 대로 동물들이 도망치는 것을 보고, 무질서하게 그들을 뒤쫓기 시작했다. 하지만 그것은 스노볼이 예상한 작전이었다. 인간들이 모두 마당으로 들어서자마자 외양간에 매복해 있던 말 세 마리, 암소 세 마리, 그리고 나머지 돼지들이 갑자기 인간들의 등 뒤로 튀어나와 퇴로를 차단했다. 잠시 후 스노볼이 동물들에게 공격 신호를 보낸 뒤 존스를 향해 똑바로 돌진했다. 존스는 스노볼이 달려드는 것을 보자 총을 들어 발사했다. 탄환이 스노볼의 등을 스치고 지나면서 피가 났고, 뒤에 있던 양 한 마리가 그 자리에서 즉사했다. 그러나 스노볼은 잠시도 지체하지 않고 존스의 다리를 겨냥하여 100킬로그램이 넘는 자신의 몸뚱이를 날렸다. 존스는 거름 더미에 나가떨어졌고, 총은 멀리 튕겨 나가떨어졌다. 하지만 가장 무시무시한 장면은 복서가 연출했다. 복서는 종마처럼 뒷발을 바닥에 딛고 우뚝 일어서서 징 박은 발굽으로 주먹을 날리듯 발길질을 해댔다. 그의 첫 번째 펀치는 폭스우드 농장에서 온 마구간지기 소년의 이마에 정통으로 맞았는데, 그 소년은 진흙 바닥에 쭉 뻗어 숨이 끊어진 것 같았다. 이 광경을 본 사람들은 공포에 질려 우왕좌왕하면서 몽둥이를 내팽개친 채 도망치려고 했다. 다음 순간, 동물들은 마당을 빙글빙글 돌며 인간들을 쫓아다녔다. 인간들은 동물들의 뿔에 받히고, 발길에 걷어차이고, 물어뜯기고, 발에 짓밟혀 피를 흘렸다. 농장에 있는 동물들 가운데 자기 나름의 방식으로 복수를 하지 않은 동물은 한 마리도 없었다. 심지어 고양이까지 소 치는 목동의 어깨 위로 갑자기 뛰어내려 발톱을 목 깊숙이 박아 넣고 할퀴었다. 그러자 목동은 끔찍한 비명을 내질렀다. 어찌어찌하다가 퇴로가 열리자 인간들은 기뻐하며 마당에서 뛰쳐나가 큰길을 향해 쏜살같이 도망쳤다. 그리하여 인간들은 동물농장에 침입한 지 채 5분도 되지 않아 왔던 길로 후퇴했다. 인간들이 도망치는 내내 거위들이 꿱꿱거리며 쫓아가서 장딴지를 쪼아댔다.

인간들은 단 한 사람만 제외하고는 모두 도망쳤다. 마당으로 돌아온 복서는 얼굴을 진흙 속에 처박고 있는 마구간지기 소년을 발굽으로 흔들며 뒤집어보려고 애를 썼다. 그러나 소년은 꼼짝도 하지 않았다.

복서가 슬픈 목소리로 말했다.

"죽어버렸구먼. 그렇게까지 하려고 하지는 않았는데, 내 발굽에 쇠 징을 박았다는 사실을 깜빡 잊었어. 내가 일부러 이러지 않았다는 것을 누가 믿어줄까?"

"감상적인 태도는 삼가시오, 동무!"라고 스노볼이 외쳤는데, 그의 상처에서는 아직도 피가 뚝뚝 떨어지고 있었다. "전쟁은 전쟁이오. 유일하게 착한 인간은 죽은 인간일 뿐이오."

"나는 목숨을 빼앗을 생각은 없었어요. 그게 인간의 목숨이라도 말이오."라고 되풀이하는 복서의 눈에는 눈물이 가득했다.

"몰리는 어디 있지?"라고 누군가가 외쳤다

정말 몰리가 보이지 않았다. 잠시 동안 동물들은 몹시 긴장했다. 전쟁통에 인간이 몰리에게 해를 입혔을지도 모르고, 어쩌면 그들이 도망치면서 몰리를 납치해 갔을지도 모른다고 생각했기 때문이다. 그러나 알고 보니 그녀는 여물통의 건초 속에 머리를 박은 채 외양간에 숨어 있었다. 몰리는 존스가 쏘는 총소리를 듣자마자 달아났던 것이다. 동물들은 몰리를 찾으러 갔다가 마당으로 돌아온 뒤에야 마구간지기 소년이 사실은 기절해 있었던 것이며, 이미 기운을 되찾아 도망쳤다는 사실을 알게 되었다.

동물들은 매우 흥분해서 다시 모였고, 저마다 이번 전투에서 세운 공적을 목청껏 소리를 질러대며 자랑하기 시작했다.

승리를 축하하기 위한 즉흥적인 축제가 열렸다. 깃발은 높이 내걸렸고, 〈영국의 동물들〉을 여러 차례 소리 높여 노래했다. 그러고 나서 전투 중 사망한 양의 장례식을 엄숙하게 치러주었다. 양의 무덤 주변에는 산사나무 한 그루를 심었다. 무덤가에서 스노볼은 필요할 경우 동물농장을 위해 목숨을 바칠 각오까지 해야 한다는 짤막한 연설을 했다.

동물들은 만장일치로 무공훈장을 만들자고 결정했고, 그 자리에서 '일급 동물 영웅 훈장'이 스노볼과 복서에게 수여되었다. 훈장은 놋쇠로 만든 메달이었는데(사실 그 메달은 마구실에서 찾아낸 것으로, 마구에 붙이는 놋쇠 장식이었다), 일요일과 휴일에 착용하는 것으로 결정되었다. 또한 '이급 동물 영웅 훈장'도 같이 제정되었는데, 전사한 양에게 추서되었다.

이 전투의 명칭을 무엇이라고 할 것인가를 두고 길고 긴 토론이 벌어졌다. 결국 '외양간 전투'라는 명칭을 얻게 되었는데, 매복 작전이 전개된 곳이 외양간이었기 때문이다. 존스의 총이 진흙탕에 떨어져 있는 것이 발견되었고, 그가 살던 농장 본채에 탄약통이 남아 있다는 것도 알게 되었다. 존스의 총을 깃대 아래에 대포처럼 세워두고 1년에 두 번 사용하기로 했다. 외양간 전투의 기념일인 10월 12일에 한 번, 반란 기념일인 세례 요한 축일에 한 번 발사하기로 했다.

5장

겨울로 접어들면서 암말 몰리는 갈수록 골칫거리가 되어
갔다. 그녀는 아침마다 작업 시간에 지각했는데, 늦잠 자느라
늦었다고 핑계를 댔다. 그녀는 먹을 것을 배불리 챙겨 먹는데
도 이상하게 늘 몸이 아프다고 투정을 부렸다. 그녀는 온갖
구실을 대면서 작업장에서 벗어나자마자 물 마시는 웅덩이
를 향해 달려가곤 했다. 웅덩이로 달려간 그녀는 멍청하게 서
서 물에 비친 자신의 모습을 바라보고 있었다. 이 시기에 농
장에서는 몰리에 대한 심각한 소문이 나돌고 있었다. 어느 날
몰리가 긴 꼬리를 흔들면서 입에는 건초 줄기를 물고 쾌활하
게 마당으로 들어오자 암말 클로버가 그녀를 한쪽 구석으로
데리고 갔다.

클로버가 말했다.

"몰리, 너에게 할 말이 있어. 매우 심각한 이야기야. 오늘 아침에 네가 동물농장과 폭스우드 농장 사이에 있는 울타리 너머를 바라보고 있는 걸 봤어. 울타리 너머에는 필킹턴 씨 농장의 일꾼이 서 있더군. 멀리 떨어져 있었지만, 나는 내 눈으로 그걸 정확히 봤어. 그 일꾼이 너와 이야기하다가 네 코를 쓰다듬더구나. 그런데 너는 왜 가만히 있었니? 몰리, 도대체 무슨 일이 있었던 거니?"

몰리는 말했다.

"아냐, 그 사람이 날 쓰다듬지 않았어. 나는 그가 나를 쓰다듬도록 내버려두지 않았다고! 그건 사실이 아니야."라고 부르짖더니, 길길이 날뛰면서 발로 땅바닥을 긁어댔다.

"몰리! 내 얼굴 똑바로 바라봐. 그 사람이 네 콧잔등을 쓰다듬지 않았다고 명예를 걸고 맹세할 수 있어?"

"사실이 아니란 말이야!"라고 몰리는 반복했지만 클로버의 얼굴을 똑바로 바라보지 못했고, 그 말을 마치자마자 휙 돌아서서 들판을 향해 뛰어가 버렸다.

클로버의 머리에 얼핏 어떤 생각이 스쳤다. 그래서 다른 동물들에게 말하지 않고 몰리의 마구간으로 가서 앞발로 지푸라기를 헤집어보았다. 세상에! 지푸라기 밑에는 작은 각설탕 더미와 형형색색의 댕기 다발이 여러 개 숨겨져 있었다.

3일 후 몰리가 사라져버렸다. 그 후 몇 주 동안 몰리가 어디로 갔는지 행방을 알 수가 없었다. 그러다가 윌링던 어느 마을의 술집 앞에서 몰리를 보았다는 비둘기들의 보고가 날아들었다. 보고에 따르면 빨간색과 검은색으로 칠한 멋진 이륜마차의 굴대 사이에 몰리가 서 있었다고 했다. 그러자 술집 주인처럼 보이는 체크무늬 멜빵바지에 목이 긴 장화를 신은, 뚱뚱하고 붉은 얼굴의 사내가 몰리의 코를 쓰다듬으며 설탕을 먹여주었다고 했다. 몰리는 털을 산뜻하게 다듬었고, 분홍색 리본을 앞머리 갈기털에 달고 있었다고 했다. 비둘기들은 몰리가 행복한 것처럼 보였다고 전했다. 그날 이후 농장의 동물들은 몰리 이야기를 두 번 다시 꺼내지 않았다.

1월이 되자 혹독한 추위가 몰아쳤다. 땅은 쇠처럼 딱딱하게 얼어 들일을 할 수가 없었다. 커다란 헛간에서 여러 차례 집회가 열렸고, 돼지들은 다가올 봄철에 대비하기 위해 새로운 계획을 세우느라 정신이 없었다. 돼지들이 다른 동물보다 머리가 월등히 좋다는 사실이 밝혀진 이상 농장의 주요 정책은 모두 돼지들이 결정해야 한다는 사실에 합의했다. 물론 돼지들이 결정한 사항도 최종적으로는 다수결에 의한 투표를 거쳐야 했다. 이러한 합의도 스노볼과 나폴레옹 사이에 분쟁만 없었다면 순조롭게 일이 이루어졌을 것이다. 그런데 이들 두 돼지는 사사건건 서로 걸고넘어지며 반대를 했다. 둘

중 하나가 보리 경작 재배 면적을 늘리자고 제안하면, 상대편은 귀리의 재배 면적을 늘리자고 주장했고, 한쪽에서 이러저러한 땅에는 양배추를 심는 것이 적합하다고 말하면, 상대편은 그곳은 무나 당근 같은 뿌리채소를 심으면 몰라도 다른 용도로는 쓸모가 없는 땅이라고 주장했다. 나폴레옹과 스노볼에게는 각각 추종 세력이 있었기 때문에, 때로는 매우 격렬한 논쟁이 벌어지기도 했다. '집회'에서 스노볼은 뛰어난 연설로 다수의 지지를 얻어내는 데 성공하는 경우가 종종 있었지만, 비공식적인 막간 교섭으로 지지를 얻어내는 데는 나폴레옹의 재주가 더 능했다. 특히 그는 만만한 양들을 포섭하여 자기 세력으로 만드는 데 성공했다. 최근 양들은 시도 때도 없이 '네 발은 좋고 두 발은 나쁘다'라는 구호를 외쳐댔고, 그 때문에 집회가 중단되는 일이 잦았다. 스노볼의 연설이 결정적인 순간을 노려 양들이 '네 발은 좋고 두 발은 나쁘다'라고 노래하며 방해하는 것이었다.

한편 스노볼은 농장 본채에서 발견한 잡지 〈농부와 목축업자〉의 과월호 몇 권을 면밀히 검토한 끝에 혁신적인 농업 계획 및 개선안을 발표했다. 그는 들판에 배수로를 만드는 법과 사료용 건초 저장법 및 기초 용재鎔滓 등에 관한 전문 지식을 유식하게 설명했고, 또 똥거름을 짐마차로 따로 운반할 필요가 없도록 농장의 모든 동물이 매일 다른 장소에 똥을 누는 복잡한 계획표를 만들었다. 한편 나폴레옹은 스스로 어떤 계획을 만들어내지는 않았지만, 스노볼의 계획이 아무 성과도 거두지 못하고 실패할 것이라고 은밀하게 소문을 내며 때를 기다리는 것처럼 보였다. 두 돼지 사이에서 일어난 가장 치열했던 분쟁은 풍차를 건설하는 문제를 둘러싼 것이었다.

농장 건물에서 그리 멀지 않은 기다란 목초지 안에는 농장에서 가장 높은 조그만 둔덕이 있었다. 스노볼은 그곳 지형을 꼼꼼하게 답사한 뒤 풍차를 세우기에 가장 적합하다고 말했다. 풍차에서 얻은 전기로 외양간에 불을 밝힐 수 있고, 겨울에는 난방을 할 수 있으며, 둥근 톱, 작두, 여물 절단기, 전기 착유기 같은 것을 사용할 수 있다고 설명했다. 농장의 동물들은 이런 이야기를 들어본 적이 없었던 터라(이 농장은 구식이었기 때문에 고리타분한 기계들밖에 없었다) 눈이 휘둥그레져서 스노볼의 말에 귀를 기울였다. 스노볼이 환상적인 기계의 그림을 그려 보여주며 그 기계들이 만들어지기만 하면 일은 기계가 하고 동물들은 풀밭에서 편안하게 풀을 뜯거나 독서와 담화로 정신을 함양할 수 있다고 말했다.

1주일도 안 되어 스노볼의 풍차 건설 계획이 완성되었다. 기계에 관한 세부 사항은 모두 『집수리에 필요한 천 가지 방법』, 『누구나 집을 지을 수 있다』, 『초보자를 위한 전기학 입문』을 주로 참고했다. 그 책들은 존스 부인이 보던 것이었다.

스노볼은 전에 인공 부화실로 쓰이던 광 하나를 서재로 사용했다. 그 광의 바닥에는 매끈한 판자를 깔아놓았기 때문에 도면을 그리기에 적합했다. 그는 한 번 서재에 들어가면 몇 시간이고 혼자 틀어박혀 일에 몰두했다. 책을 펼쳐 양옆을 눌러놓고 앞발의 갈라진 발톱 사이에 분필 한 자루를 끼워서 바삐 이리저리 오가며 마룻바닥에 수없이 많은 선을 그어놓고는 스스로 흥분을 이기지 못해 이따금 킁킁거리기도 했다.

그는 풍차 설계도의 회전반과 톱니바퀴의 복잡한 구조를 그리는 데 성공했고, 마룻바닥 절반 이상이 온통 그가 그린 그림으로 채워졌다. 동물들은 그가 그린 설계도를 봐도 뭐가 뭔지 이해할 수 없었지만, 어쩐지 큰 감동이 밀려왔다. 농장의 동물들은 적어도 하루에 한 번은 스노볼의 설계도를 구경하러 광에 들렀다. 심지어 암탉과 오리까지 와서 분필로 그려진 그림을 밟지 않으려고 조심하면서 구경을 하고 갔다. 그러나 나폴레옹만은 무관심했다. 나폴레옹은 처음부터 풍차 건설 계획을 반대했다. 그러던 그가 어느 날 갑자기, 아무 예고도 없이 인공 부화실에 나타나 설계도를 자세히 살펴보는 것이었다. 뒤뚱거리며 그곳을 몇 바퀴 돌면서 설계도의 세밀한 부분을 모두 꼼꼼하게 살피며 한두 번 코를 찡긋하기도 하고, 잠깐 가만히 서서 곁눈질로 바라보기도 했다. 그런 다음에 갑자기 한쪽 다리를 들어올리더니 그 위에 오줌을 내갈기고는 한마디 말도 없이 뚜벅뚜벅 걸어 나가버렸다.

농장 식구들은 풍차 건설을 둘러싸고 두 패로 완전히 갈라졌다. 스노볼은 풍차를 건설하기가 결코 쉽지 않을 것이라는 사실을 부인하지는 않았다. 돌을 날라 쪼개 돌벽을 쌓아야 하고, 그다음에는 풍차 날개를 만들어야 하며, 그런 뒤에는 발전기와 전선이 있어야 한다고 했다. 이런 것들을 어떻게 구할 것인가에 대해서는 아직 말하지 않았다. 하지만 그는 이 모든 일을 1년 안에 마칠 수 있다고 주장했다. 그는 일단 풍차가 완성되면 노동력이 크게 줄어들어 모든 동물이 1주일에 3일만 일해도 된다고 장담했다. 그러자 나폴레옹은 이에 맞서 지금 당장 해결해야 할 시급한 문제는 식량을 증산하는 일이다, 만일 농장 식구들이 풍차 건설에 매달려 시간을 낭비하게 되면 모두 굶어 죽을 수 있다고 주장했다. 농장의 동물들은 두 개 파로 나뉘었다. 한쪽에서는 '스노볼에게 투표하여 주 3일 노동을' 그리고 다른 한쪽에서는 '나폴레옹에게 투표하여 충분한 여물을'이라는 구호를 외쳐댔다. 당나귀 벤저민은 어느 파에도 가담하지 않은 유일한 동물이었다. 그는 식량이 더 풍부해질 것이라는 주장도, 풍차가 노동시간을 줄여줄 것이라는 주장도 믿으려 들지 않았다. 풍차가 있건 없건 삶은 지금까지 그랬던 것처럼, 변함없이 어려울 것이라고 말했다.

풍차를 둘러싼 논쟁과는 별도로 농장의 방위防衛 문제가

새로이 부각되었다. 인간들이 외양간 전투에서 패배하긴 했지만, 존스 씨에게 농장을 되찾아주기 위해 지난번보다 훨씬 강력한 공격을 해 올 가능성은 충분히 예상하고도 남았다. 지난 싸움에서 인간들이 패배했다는 소식이 온 인근 농장에 쫙 퍼졌고, 그래서 이웃 농장에서 동물 다루기가 전보다 더욱 힘들어졌기 때문에 인간들이 나름의 계획을 세우는 것은 당연했다. 언제나 그랬듯이 이번에도 스노볼과 나폴레옹은 다른 의견을 내놓았다. 나폴레옹은 동물들이 우선적으로 해야 할 일은 무기를 확보하고, 그 무기를 사용할 수 있도록 훈련해야 한다는 것이었다. 그러자 스노볼은 더욱더 많은 비둘기를 밖으로 날려보내 다른 농장의 동물들도 반란을 일으키도록 부추겨야 한다는 것이었다. 나폴레옹은 동물들이 스스로를 방어하지 못하면 인간에게 정복될 수밖에 없다고 주장했고, 스노볼은 도처에서 반란이 일어나면 동물들은 구태여 방어에 나서지 않아도 된다고 주장했다. 동물들은 나폴레옹의 말을 듣고 있으면 그의 말이 맞는 것 같았고, 스노볼의 말을 듣고 있으면 그의 말이 맞는 것 같아서 누구의 말이 옳은지 종잡을 수가 없었다. 사실을 정확히 말하자면 동물들은 그때그때 말하는 자의 의견에 항상 동의했다.

드디어 스노볼의 풍차 설계도가 완성되었다. 그다음 일요일에 개최될 집회 때 풍차 건설을 시작할 것인가, 말 것인가

하는 문제를 투표에 부치기로 했다. 동물들이 커다란 헛간에 모두 모이자 스노볼이 일어나 풍차를 건설해야 하는 이유를 설명했다. 이번 역시 양들이 매 하고 계속 소리를 질러대는 바람에 그의 연설이 간간이 중단되는 불상사가 일어났다. 곧이어 나폴레옹이 일어나 반대 의견을 내놓았다. 그는 매우 차분한 어조로 풍차는 별 쓸모가 없는 것이라고 말하며, 절대 풍차 건설에 찬성표를 던져서는 안 된다고 권고했다. 그러고는 재빨리 자리에 앉았다. 30초도 안 되는 짧은 발언을 한 그는 자신의 발언이 어떤 반응을 일으켰는지에 대해서는 별 관심도 없는 것 같았다. 이때 스노볼이 벌떡 일어나 소란스럽게 소리를 질러대고 있는 양들에게 조용히 하라고 소리친 뒤 풍차 건설을 지지해달라고 열정적으로 호소했다. 그때까지만 해도 반반으로 나뉘어 있던 동물들의 의견이 스노볼의 웅변에 감동받아 완전히 그에게 기울고 말았다. 그는 힘든 노동이 사라진 후의 동물농장의 미래상을 미사여구를 동원해 그림을 그리듯 생생하게 묘사했다. 그의 상상력은 이미 여물 절단기나 순무 절단기를 훨씬 넘어서 있었다. 전기가 공급되면 외양간에 전등불을 밝힐 수 있고, 찬물과 더운물을 공급하며, 전기난로를 켤 수 있을 뿐만 아니라 탈곡기, 쟁기, 써레, 땅 고르는 기계, 수확기, 건초 묶는 기계 등을 가동할 수 있다고 주장했다. 그가 연설을 끝마칠 때쯤에는 투표 결과가 어느 쪽으로 기울지 거의 분명해졌다. 그런데 바로 이때 나폴레옹이 일어서서 스노볼을 특유의 곁눈질로 쩌려보면서 지금까지 그 누구도 들어보지 못한 날카로운 고음으로 꽥 하고 소리를 지르는 것이었다.

이 소리를 신호로 밖에서 사냥감을 물 때 짖는 듯한 무시무시한 개 짖는 소리가 들리더니 놋쇠 장식 목걸이를 찬 커다란 개 아홉 마리가 헛간으로 뛰어 들어왔다. 그 개들은 스노볼을 향해 곧장 돌진했고, 스노볼은 후다닥 자리에서 일어나, 덥석 물어뜯으려는 개의 아가리를 아슬아슬하게 피해 도망쳤다. 그는 곧바로 바깥으로 달아났고, 개들이 그 뒤를 미친 듯 추격했다. 동물들은 갑자기 나타난 개들을 보고 너무나 놀라고 겁에 질려 아무 말도 하지 못한 채 문으로 몰려나가 추격전을 벌이는 모습을 지켜보았다. 스노볼은 큰길로 이어지는 긴 목초지를 가로질러 정신없이 도망쳤다. 그는 열심히 달아났지만, 그것은 돼지가 발휘할 수 있는 최대한의 속도일 뿐이었기에, 개들은 금세 그의 발뒤꿈치 가까이 따라붙었다. 갑자기 스노볼이 미끄러져 넘어지면서 개들에게 잡히려는 순간 재빨리 다시 일어나 전보다 더 빨리 도망쳤다. 개들 중 한 마리가 스노볼의 꼬리를 거의 물었다고 생각하는 찰나 스노볼은 꼬리를 흔들어 개의 아가리 공격을 가까스로 피했다. 그러고는 마지막 젖 먹던 힘을 다해 죽어라 내빼 불과 몇

센티 차이로 울타리에 난 구멍 속으로 미끄러지듯 빠져나가
버렸다.

　동물들은 잔뜩 겁에 질려 아무 말도 없이 슬금슬금 헛간
안으로 들어왔다. 스노볼을 쫓던 개들도 이제 돌아왔다. 처음
에는 이 괴물들이 도대체 어디서 나타났는지 알 수가 없었지
만 곧 의문이 풀렸다. 그 개들은 나폴레옹이 어미로부터 빼앗
아 몰래 키운 강아지들이었다. 그들은 완전히 자라지는 않았
지만 몸집이 거대했고, 생김새는 늑대처럼 무시무시했다. 그
개들은 나폴레옹 곁에 늘 붙어 다녔는데, 다른 개들이 존스
씨에게 했던 것처럼 나폴레옹에게 꼬리를 치는 것이었다.

　나폴레옹은 개들을 거느리고 헛간의 조금 높은 연단으로
올라갔다. 그 연단은 수퇘지 메이저 영감이 일전에 연설했던
바로 그 자리였다. 나폴레옹은 집회는 시간 낭비일 뿐이라며
앞으로 일요일 아침의 집회는 없을 것이라고 선언했다. 그리
고 덧붙여 말하기를 앞으로 농장의 작업과 관련된 모든 문제
는 자기가 의장직을 맡은 '특별 위원회'가 결정할 것이라고
분명히 못을 박았다. 이 특별 위원회는 비공개로 소집될 것이
고, 결정된 사항은 추후 동물 여러분에게 전달될 것이라고 말
했다. 앞으로 동물들은 일요일 아침에 모여 깃발을 게양하고,
〈영국의 동물들〉을 합창한 뒤 그 주에 할 일을 지시받겠지만,
토론은 더 이상 없다고 말했다.

스노볼의 축출이 안겨준 충격에서 채 벗어나기도 전에 나폴레옹의 이 같은 선언에 동물들은 몹시 당황했다. 그중 몇몇은 적당한 항변거리를 생각해낼 수만 있었다면 이의를 제기했을 것이다. 심지어 복서조차도 마음이 편치 않았다. 그는 귀를 뒤로 젖힌 채 앞머리의 갈기털을 몇 번 흔들고는 생각을 정리해보려고 애썼지만 결국 아무 말도 하지 못했다. 하지만 몇몇 돼지들은 뚜렷한 자기주장을 내세웠다. 앞줄에 앉아 있던 젊은 식용 돼지 네 마리가 날카롭게 꽥꽥거리는 소리를 내며 벌떡 일어나 반대 의사를 밝히기 시작한 것이다. 그러자 나폴레옹을 둘러싸고 앉아 있던 개들이 갑자기 음침하고 위협적인 소리로 으르렁대자 돼지들은 조용히 입을 다물고 제자리에 앉아버렸다. 그때 양들이 엄청나게 큰소리로 매 하고 울며 '네 발은 좋고 두 발은 나쁘다'고 합창했다. 이 소리가 거의 15분 동안이나 계속되는 바람에 토론은 더는 진행되지 못했다.

그 후 연설가 스퀼러가 농장 이곳저곳을 돌아다니며 다른 동물들에게 새로운 질서에 관해 설명해주었다.

스퀼러는 "동무들," 하고 서두를 꺼낸 뒤 다음과 같이 말을 이었다.

"나는 여러분 모두가 나폴레옹 동지께서 귀찮은 일을 솔선해서 떠맡으시는 희생정신을 높이 찬양하리라 믿소. 동무들, 지도자가 된다는 것은 절대 기쁜 일이 아니오. 오히려 반대요. 그것은 크고도 무거운 책임을 짊어지는 것이기 때문이오. 모든 동물이 평등하다는 사실을 나폴레옹 동지보다 더 굳게 믿는 이도 없소. 나폴레옹 동지는 모든 일을 여러분 스스로가 결정해야 한다는 데는 찬성하시오. 하지만 우리가 때때로 잘못된 결정을 내릴 수도 있잖소. 동무들, 그때는 어떻게 되겠소? 여러분이 공상에만 빠져 지내던 스노볼의 풍차 건설을 따르기로 했다고 생각해보시오. 모두가 알다시피 스노볼은 범죄자이지 않소?"

누군가가 말했다.

"스노볼은 외양간 전투에서 용감하게 싸웠어요."

"용감한 것만으로는 충분하지 않소." 그러고는 스퀼러가 힘주어 말했다. "충성과 복종이 더 중요하오. 그리고 외양간 전투에 대해 말하자면 스노볼이 그 전투에서 한 역할이 지나치게 과장되었다는 사실이 밝혀질 때가 올 것이라고 나는 믿소. 규율이 필요해요! 동무들! 철통같은 규율이 필요하오. 그것이 오늘의 표어요. 우리가 발을 한 발짝 잘못 디디는 순간 적들이 달려든단 말이오. 틀림없소! 동무들! 설마 존스가 돌아오기를 바라는 건 아니겠지요?"

스퀼러의 이 같은 말에 반박할 동물은 아무도 없었다. 동물들은 누구도 존스가 돌아오기를 바라지 않았다. 일요일 아침 토론을 벌이는 것이 존스를 돌아오게 하는 일이라면, 그 토론은 마땅히 중지되어야 했다. 이제 사태를 곰곰이 따져볼 만큼 충분히 생각해본 복서가 동물들의 일반적인 생각을 말했다.

"만약 나폴레옹 동지가 그렇게 말씀하셨다면 그게 맞을 겁니다." 그리고 그때부터 그는 '내가 좀 더 열심히 일하겠어.'라는 말을 좌우명으로 삼았다.

어느덧 계절이 바뀌어 날씨가 풀리면서 봄맞이 쟁기질이 시작되었다. 스노볼이 풍차 설계도를 그렸던 부화실은 폐쇄되었으므로 동물들은 마룻바닥에 그렸던 설계도도 모두 지워졌을 것으로 생각했다. 일요일 아침 10시면 동물들은 커다란 헛간에 모여 그 주에 해야 할 일을 지시받았다. 과수원의 메이저 영감 무덤에서 이제는 살점이 다 떨어져 나간 두개골을 파다가 깃대 아래의 나무 그루터기에 총과 함께 나란히 세워놓았다. 깃발을 게양한 후 동물들은 헛간으로 가기 전에 한 줄로 서서 메이저 영감의 두개골 앞을 행진하며 경의를 표시해야 한다는 명령이 떨어졌다. 이제 헛간에서는 예전처럼 모든 동물들이 한자리에 옹기종기 모여 앉아 있는 모습을 볼 수 없었다. 나폴레옹은 스퀼러와 노래를 작곡하고 시를 짓는 데 재주가 있는 미니무스라는 돼지와 함께 높은 연단의 앞쪽에 앉았고, 젊은 개 아홉 마리는 그들 주변에 반원을 그리며 앉았고, 다른 돼지들은 뒤에 앉았다. 그리고 나머지 동물들은 헛간 바닥에 지도부와 마주 보며 앉았다. 나폴레옹이 그 주에 수행해야 할 일을 적은 명령서를 무뚝뚝한 군인 같은 목소리로 읽었고, 〈영국의 동물들〉을 딱 한 번 합창한 다음 동물들은 해산해버렸다.

스노볼이 추방된 뒤 세 번째 돌아오는 일요일에 동물들은 나폴레옹이 결국 풍차를 건설하기로 했다고 발표하는 전언을 듣고 몹시 놀랐다. 나폴레옹은 동물들에게 자신이 왜 마음을 바꾸었는지에 대해서는 일절 설명하지 않고, 다만 예정에 없던 이 일을 실행한다는 것은 매우 어려운 작업이다, 어쩌면 식량 배급을 줄여야 할지도 모른다고 경고했다. 하지만 풍차 설계도는 세부 사항까지 완벽하게 준비되어 있었다. 돼지들은 '특별 위원회'라는 기구를 만들어 지난 3주 동안 그 일에 매달렸다고 했다. 풍차 건설은 여러 다른 개량 사업과 더불어 2년이 걸릴 것으로 예상했다.

그날 저녁 스퀼러는 다른 동물들과 개인적인 모임을 가진 자리에서 사실 나폴레옹이 풍차 건설 계획을 반대한 것은 아니었다고 은밀하게 말했다. 오히려 그와는 정반대라는 것이었다. 그가 주장하기로 처음으로 풍차 건설안을 창안한 이는 나폴레옹이라고 했다. 스노볼이 부화실 마룻바닥에 그린 설계도는 실은 나폴레옹의 서류 뭉치에서 훔쳐내어 그린 것이라고 했다. 스퀼러는 사실 풍차 계획은 나폴레옹의 독창적인 아이디어라고 말했다. 그러자 누군가가 그 계획에 그토록 반대한 이유가 무엇이냐고 묻자, 순간 스퀼러의 얼굴에 매우 교활한 표정이 떠올랐다. 잠시 후 그가 말하기를 "그것이 바로 나폴레옹 동지의 지략이지"라고 했다. 그의 설명에 따르면 나폴레옹 동지가 풍차 건설에 반대하는 척한 것은 동물들에게 나쁜 영향을 끼치는 위험인물을 제거하기 위한 술책이었다고 설명했다. 이제 스노볼이 사라졌으므로 풍차는 그의 방해를 받지 않고 건설될 것이라고 말했다. 스퀼러는 이런 것을 바로 '전술'이라고 부른다고 말했다. 그는 좋아 죽겠다는 듯 이리저리 뛰어다니기도 하고 꼬리를 흔들면서 "전술이란 말이오, 동무들, 전술!"이라고 연거푸 말했다. 동물들은 전술이 무엇을 의미하는지 명확히 알지는 못했지만, 스퀼러가 너무나 설득력 있게 말한 데다 그와 함께 있던 개 세 마리가 섬뜩할 정도로 위협적으로 으르렁거렸기 때문에 더는 질문하지 않고 그의 말을 받아들여야 했다.

6장

그해에는 동물들이 잠시도 쉬지 못하고 노예처럼 일했다. 하지만 일을 하면서도 어쩐지 행복했다. 동물들은 자신들의 모든 노력이 자신의 노후와 다음 세대에 살아갈 후손들을 위한 것이지, 빈둥거리기나 하는 도둑놈 같은 인간 무리를 위한 것이 아니라는 사실을 잘 알고 있었기 때문이다.

봄과 여름이 지나는 동안 동물들은 1주일에 60시간씩 일했다. 그리고 8월이 되자 나폴레옹이 일요일 오후에도 일해야 한다고 발표했다. 말로는 그것을 자발적인 참여라고 했지만, 이상한 토를 달았다. 참여하지 않는 동지에게는 식량 배급을 절반으로 줄이겠다는 것이었다. 그렇게 열심히 일했음에도 불구하고 어떤 일에는 끝내 손도 대지 못하고 내버려두어야만 했다. 그해 수확량은 지난해보다 약간 줄었고, 초여름에 뿌리채소를 심었어야 했던 밭 두 뙈기는 쟁기질을 하지 못하는 바람에 씨앗을 뿌리지 못해 묵히고 말았다. 다가오는 겨울을 편안하게 지내기 어려우리라는 것은 충분히 예상되었다.

풍차 건설은 예상치 못한 난관에 부딪혔다. 농장에는 좋은 석회암 채석장이 하나 있었고, 농장의 바깥채 한 곳에서 충분한 양의 모래와 시멘트를 발견했기 때문에 기본적인 건축 재료는 준비되었다. 그러나 동물들이 해결할 수 없는 것이 있었는데, 그것은 돌을 적당한 크기로 자르는 일이었다. 돌을 적당한 크기로 자르려면 곡괭이와 지렛대를 이용하는 방법이 있었지만, 어떤 동물도 뒷다리로 서는 것이 불가능했기 때문에 연장을 사용할 수가 없었다. 몇 주 동안 골똘히 연구한 끝에 누군가가 좋은 아이디어를 생각해냈다. 중력의 힘을 이용하자는 것이었다. 돌산 바닥에는 너무 커서 쓸모가 없는 둥근 돌들이 널려 있었다. 암소, 말, 양 등을 비롯해 모든 동물이 죽을힘을 다해 큰 돌을 밧줄로 묶어 비탈길로 느릿느릿 채석장 꼭대기까지 끌어올렸다. (결정적인 순간에는 머리를 쓰는 돼지들까지 힘을 보탰다) 그렇게 끌어올린 돌덩어리를 바닥에 떨어뜨리면 산산조각이 나면서 깨졌다. 깨어진 돌을 공사장까지 옮기는 일은 그리 어렵지 않았다. 말들은 돌을 짐마차에 가득 실어 날랐고, 양들은 한 덩어리씩 들어 날랐고, 심지어 염소 뮤리엘과 당나귀 벤저민도 낡은 이륜마차를 끌며 자기 몫을 다했다. 늦여름으로 접어들 무렵에는 충분한 양의 돌을 모았고, 돼지들의 감독하에 건설이 시작되었다.

하지만 그 과정은 더없이 더디고 힘들었다. 돌덩이 하나를 꼭대기까지 끌어올리는 데 온종일 죽을힘을 다해야 하는 경우가 잦았고, 돌덩어리를 위에서 아래로 떨어뜨려도 깨어지지 않는 경우가 종종 있었다. 복서가 없었더라면 그 무엇도 해내지 못했을 것이다. 복서의 힘은 다른 동물들 모두의 힘을 합한 것과 맞먹을 정도로 셌다. 끌려 올라가던 돌덩이가 여차하여 삐끗 미끄러져 내리기라도 하면 밧줄을 끌던 동물들이 함께 질질 끌려 내려가면서 절망적인 비명을 질러대곤 했는데, 이때 복서가 밧줄을 팽팽하게 잡아당겨 떨어져 내리는 돌을 정지시켰다. 복서가 숨을 헐떡이며 뒷굽으로 땅을 단단히 딛고 허리는 온통 땀투성이가 된 채 비탈길로 힘겹게 돌덩이를 끌어 올리는 모습은 동물들로 하여금 경탄을 자아내게 했다. 암말 클로버가 때때로 너무 무리하지 말라고 주의를 주었지만, 복서는 그녀의 말을 귀담아듣지 않았다. 복서에게는 두 가지 좌우명이 있었는데, '내가 좀 더 열심히 일하겠어'와 '나폴레옹은 항상 옳다'였다. 그는 그 두 개의 좌우명이 모든 문제를 해결해주는 답이라고 생각했다. 그는 수탉에게 부탁하여 아침에 다른 동물들보다 30분이 아니라 15분을 더 당겨 45분 일찍 깨워달라고 부탁했다. 그리고 최근 들어 잠시라도 짬이 나면(여유 시간이 그다지 많지도 않았지만), 그는 혼자 돌산으로 가서 깨어놓은 돌을 주워 모아, 누구의 도움도 없이 풍차 건설 현장으로 끌고 갔다.

동물들은 그해 여름 내내 중노동에 시달렸지만 겨우 궁핍을 면할 정도였다. 그들은 존스 시절보다 더 많은 식량을 배급받지는 못했지만, 더 적게 받지도 않았다. 사치스러운 인간 다섯을 부양할 필요 없이 동물들 스스로가 생산한 것을 자신들끼리 나눠 먹으면 된다는 것은 이점이 매우 커서 사소한 실패가 있더라도 충분히 상쇄되고도 남았다. 그리고 일을 하는 방식이 인간들의 방식보다 여러 가지 면에서 훨씬 더 효율적이었고, 노동력도 절약되었다. 예를 들어 잡초를 뽑는 일은 인간이라면 불가능했을 정도로 철저하게 해치웠다. 그리고 반복해서 말하지만 어떤 동물도 훔치는 일이 없었기 때문에 경작지와 목초지 사이에 울타리를 칠 필요가 없었고, 이로 인해 울타리와 출입문을 유지하는 데 들어가는 노동력을 절감할 수 있었다. 그런데도 여름이 막바지로 접어들자 생각지도 못한 문제점이 드러나기 시작했다. 파라핀 기름, 못, 끈, 개가 먹을 비스킷, 말발굽에 박을 징 등이 필요했지만 어떤 것도 농장에서 생산해낼 수 없는 것이었다. 게다가 얼마 후면

각종 연장이며 씨앗과 인조 비료는 물론이고 최종적으로 풍차에 필요한 각종 기계도 구해야 했다. 그러나 어떤 동물도 이런 것들을 마련할 방법을 생각해내지 못했다.

　어느 일요일 아침에 동물들이 작업 지시를 받으려고 모였을 때, 나폴레옹이 긴긴 논의 끝에 새로운 정책 하나를 결정했다고 발표했다. 지금부터 동물농장은 이웃 농장과 거래를 하겠다는 것이었다. 이는 상업적인 목적에서라기보다 긴급하게 필요한 물자를 마련하기 위해서라고 했다. 덧붙여 말하기를 풍차에 필요한 물자는 다른 어떤 것보다 시급히 구해야 한다고 말했다. 그래서 그는 건초 한 더미와 금년에 수확한 약간의 밀을 팔려고 준비 중이며, 앞으로 필요한 돈은 달걀을 팔아 충당하겠다고 했다. (윌링던 시장에서는 언제나 달걀을 팔 수 있었다) 나폴레옹이 말하기를, 암탉들이 풍차 건설에 이바지하려면 그 정도의 희생은 기꺼이 감수해야 한다고 말했다.

　또다시 동물들은 막연한 불안감에 휩싸였다. 인간과는 절대 거래를 해서는 안 된다, 장사에 손을 대서는 안 된다, 돈을 사용해서는 안 된다, ―이런 것들은 존스를 추방한 직후에 열린 승리감에 휩싸인 '집회'에서 통과되었던 결의안이었다. 동물들은 이러한 결의안을 통과시켰다는 사실을 기억해냈다. 아니, 적어도 그것들을 기억하고 있다고 생각했다. 나폴레옹이 '집회'를 폐지한다고 했을 때 항의했던 젊은 돼지 네 마리가 쭈뼛거리며 기어들어 가는 목소리로 뭔가 말을 하려 했지만, 개들이 위협적으로 으르렁거리자 그만 입을 다물어 버렸다. 그러고 난 뒤 평상시와 마찬가지로 양들이 '네 발은 좋고 두 발은 나쁘다'는 노래를 하면서 잠시 어색했던 분위기가 대충 수습되었다. 마지막으로 나폴레옹이 앞다리를 들어 모두 조용히 하라는 언질을 보낸 뒤, 자기는 이미 모든 준비를 마쳤다고 선언했다. 어떤 동물도 인간과 접촉할 필요가 없으며, 그것은 그다지 바람직한 일이 못 된다고 했다. 따라서 그 일은 전적으로 나폴레옹 자신이 책임을 지겠다는 것이었다. 윌링턴에 사는 변호사인 휨퍼 씨가 동물농장과 외부 세계를 연결해주는 중개자 역할을 하기로 합의했고, 앞으로 자신의 지시를 받기 위해 매주 월요일 아침이면 농장을 방문하기로 합의했다는 것이다.

나폴레옹은 평소에 늘 외치던 '동물농장이여, 영원하라'라는 구호로 연설을 끝냈고, 동물들은 〈영국의 동물들〉을 합창한 후에 해산했다.

그런 뒤 스퀄러가 농장을 돌면서 동물들의 마음을 달래주었다. 그는 동물들에게 인간과 거래를 해서는 안 된다느니 돈을 사용해서는 안 된다느니 하는 결의안은 통과된 적이 없거니와 심지어 그런 안조차 제기된 적이 없다고 잘라 말했다.

그것은 순전히 상상에서 나온 것으로, 그런 상상이 생겨난 것은 필경 스노볼이 초기에 퍼뜨린 거짓말 때문일 것이라고 말했다. 몇몇 동물들이 다소 미심쩍어하는 반응을 보이자 스퀼러가 그들에게 날카롭게 추궁했다.

"동무들! 그것은 동무들이 잠결에 꾼 꿈이 아니라는 것이 확실하오? 그런 결의안이 통과되었다는 기록이 어디에 있습니까?"

아닌 게 아니라 그런 내용은 문서로 존재하지 않는 것이 틀림없었다. 동물들은 자기들이 잘못 알고 있었다는 사실에 안도했다.

매주 월요일이면 휨퍼 씨는 약속한 대로 농장을 찾아왔다. 구레나룻을 기른 자그마한 이 사내는 교활해 보이는 인상이었다. 휨퍼 씨는 아주 사소한 일을 다루는 사무 변호사였는데, 동물농장에 중개인이 필요할 것이고, 중개료도 두둑하리라는 사실을 누구보다 먼저 간파해낼 정도로 영리했다. 동물들은 그가 농장에 들락거리는 것을 다소 두려운 마음으로 지켜보았는데, 가능하면 그와 대면하지 않으려고 했다. 그런데도 네발짐승인 나폴레옹이 두 발로 서 있는 휨퍼에게 이래라저래라 명령을 내리는 광경을 보면서 동물들은 묘한 자부심을 느꼈고, 새로운 관계에 대해서는 전적으로는 아니어도 부분적으로는 괜찮은 것 같다고 인정하게 되었다.

이제 동물과 인간의 관계가 예전 같지는 않았다. 물론 동물농장이 번창하고 있다고 해서 인간들의 증오가 시들해진 것은 아니었다. 오히려 증오감은 전보다 훨씬 더 강했다. 인간들은 동물농장이 조만간 파산할 것이고, 무엇보다 풍차 건설은 실패로 끝나리라는 것을 굳게 믿었다. 인간들은 술집에 모여앉아 풍차는 완성되기도 전에 무너질 것이고, 설령 풍차가 세워진다고 하더라도 결코 작동하지 못할 것이라고 서로에게 그림까지 그려가며 증명해 보였다.

하지만 대부분의 인간들은 속으로 동물들이 농장 일을 효율적으로 해낸다는 사실에 대해 내키지는 않았지만 인정할 수밖에 없었다. 이러한 사실을 보여주는 한 가지 분명한 징표는 인간들이 그 농장을 '매너 농장'이라고 부르는 대신 정식 고유 명칭인 '동물농장'이라고 부르기 시작했다는 것이다. 또한 그들은 이전의 농장주인 존스를 더는 옹호하려 들지 않았다. 그 무렵 존스는 농장을 되찾겠다는 희망을 버리고 다른 곳으로 이사해 살고 있었다. 중개인인 휨퍼를 통한 거래를 제외하고는 동물농장과 외부 세계와의 접촉은 아직 없었다. 하지만 나폴레옹이 폭스우드 농장의 필킹턴 씨나 핀치필드 농장의 프레더릭 씨 중 한 사람과 어떤 거래를 하려 한다는 소문이 끊이질 않았다. 그러나 무슨 이유에서인지는 모르지만, 동물농장이 이 두 사람과 동시에 거래하는 일은 절대 없을 것이라고 했다.

돼지들이 갑자기 농장 본채로 들어가 자기네 거처로 삼은 것은 이 무렵의 일이었다. 동물들은 '어떤 동물도 집 안에 들어가 살아서는 안 된다'라는 결의안이 과거에 통과되었다는 것을 기억하는 것 같았다. 그런데 이번에도 스퀼러가 나서서 이것은 경우가 다르다고 동물들을 납득시키는 것이었다. 돼지는 농장의 두뇌가 아닌가, 그러니 자신들에게는 조용히 일할 곳이 절대적으로 필요하다고 설명했다. 그는 또한 '지도자'(그는 최근 나폴레옹을 지도자라고 불렀다)는 지위에 맞는 품위를 지키기 위해서라도 돼지우리보다는 가옥에 거처하는 것이 어울린다고 주장했다. 그런데도 몇몇 동물들은 돼지들이 부엌에서 식사하고 거실을 휴게실로 사용할 뿐만 아니라 침대에서 잠을 잔다는 이야기가 들리자 마음이 언짢았다. 복서는 여느 때처럼 '나폴레옹은 항상 옳다'라는 구호를 생각하며 넘겨버렸지만 암말인 클로버는 달랐다. 클로버는 어떤 동물도 침대에서 자서는 안 된다는 규율을 뚜렷이 기억하고 있었으므로 헛간 끝으로 가서 거기에 쓰여 있는 수수께끼 같은 7계명을 읽어보려고 애를 썼다. 클로버는 알파벳 낱글자만 읽을 수 있었으므로 뮤리엘을 데리고 왔다.

클로버가 말했다.

"뮤리엘, 네 번째 계명 좀 읽어봐. 거기에 절대로 침대에서 잠을 자면 안 된다는 말 같은 것이 쓰여 있지 않아?"

뮤리엘은 머리를 짜내 또박또박 읽어주었다.

"'어떤 동물도 침대에서 침대보를 깔고 자면 안 된다'라고 쓰여 있어."

이상도 하네. 클로버는 4계명에 침대보라는 말이 언급되어 있다는 것을 기억할 수 없었다. 하지만 벽에 분명히 그렇게 쓰여 있으니까 사실임이 틀림없을 것이었다. 바로 그때 스퀼러가 개 두세 마리의 호위를 받으며 우연히 그곳을 지나다가 그 문제를 올바른 시각에서 볼 수 있도록 정리해주었다.

"동무들, 그러니까 동무들은 우리 돼지들이 요즈음 농장 본채의 침대에서 잠을 잔다는 소문을 들은 모양이구려. 그건 사실이오. 한데 우리 동물들이 침대에서 자서는 안 될 이유라도 있다는 거요? 설마 동물들은 침대 사용을 금지하는 법이 있다고 생각하는 건 아니겠지요? 침대는 단지 잠을 자기 위한 장소를 뜻하오. 정확하게 말하자면 외양간에 있는 짚더미 역시 침대요. 규칙이 금하는 건 침대가 아니라 '침대보'요. 그것은 인간의 발명품이오. 그래서 우리는 농장 본채의 침대에서 침대보를 모두 벗겨버렸소. 우리는 그냥 담요 사이에 들어가서 잠을 잔답니다. 침대는 물론 편안한 잠자리요. 하지만 동무들, 요즘 우리가 하는 두뇌 활동을 생각해보시오. 그걸 안다면 우리에게서 약간의 휴식을 빼앗지는 않겠지요? 안 그렇소, 동무들? 동무들은 우리가 너무 피곤해서 의무를 제대로 수행하지 못하는 꼴을 보시려는 건 아니겠지요? 그래요, 설마 존스가 돌아오는 걸 원하는 건 아니겠죠?"

동물들은 스퀄러에게서 이 마지막 질문을 받자 즉시 그것은 아니라고 그 자리에서 다짐했고, 돼지들이 농장 본채의 침대에서 자는 것에 대해 더는 참견하지 않기로 했다. 그리고 며칠 뒤 앞으로 돼지들은 다른 동물들보다 한 시간 늦게 기상한다고 발표했을 때에도 아무도 불평하지 않았다.

가을이 되자 동물들은 몸은 피곤했지만, 마음만은 행복했다. 모두에게 그해는 몹시 힘들었다. 건초와 옥수수 일부를 시장에 내다팔고 난 뒤라 겨울에 먹을 식량의 재고가 충분하지는 않았지만, 풍차가 건설된다면 그 모든 것을 보상하고도 남을 것 같았다. 풍차 건설은 이제 절반 정도 진행된 상태였다. 수확이 끝난 뒤에는 맑고 건조한 날씨가 계속되었고, 동물들은 전보다 더 열심히 일했다. 그들은 풍차의 건물 벽을 한 층이라도 더 높이 쌓을 수 있다면, 하루 종일 채석장과 공사장 사이를 왔다 갔다 하며 돌덩어리를 날라도 보람이 있다고 생각했다. 복서는 심지어 한밤중에 보름달 아래에서 한두 시간가량 혼자서 일을 했다. 동물들은 시간이 날 때면 반쯤 올라간 풍차 건설장 주변을 걸어 다니며 단단하게 수직으로 올라간 돌담을 보며 감탄했고, 자기들이 그처럼 단단한 건

축물을 만들어 올릴 수 있었다는 사실에 경탄했다. 단지 늙은 당나귀 벤저민만은 풍차에 대해 그다지 열광적인 태도를 보이지 않았다. 그는 언제나와 마찬가지로 당나귀는 오래 산다는 수수께끼 같은 말 외에는 되도록 말을 아꼈다.

11월이 되면서 남서풍이 매섭게 몰아쳤다. 이제는 너무 날씨가 습해서 시멘트를 섞을 수 없었기 때문에 풍차 공사를 잠시 중단할 수밖에 없었다. 그러던 어느 날 밤, 돌풍이 너무도 세게 불어대는 바람에 농장 축사가 흔들렸고, 헛간 지붕의 기왓장까지 몇 장 날아갔다. 암탉들은 멀리서 총 쏘는 소리가 들리는 꿈을 동시에 꾸었기 때문에 잔뜩 겁에 질려 소리를 질러댔다. 잠을 설친 동물들이 아침에 우리에서 나와 보니 게양대가 바람에 날려 쓰러져 있었고, 과수원 기슭의 느릅나무는 마치 무처럼 뿌리가 뽑혀 있는 것을 목격했다. 바로 그 순간, 동물들의 입에서 절망의 외침이 터져 나왔다. 눈앞에 끔찍한 광경이 펼쳐져 있었기 때문이다. 풍차가 무너져 버린 것이다.

동물들은 일제히 풍차 건설 현장으로 달려갔다. 좀체 뛰는 일이 없는 나폴레옹이 맨 앞장서 뛰어갔다. 그랬다, 무너졌다. 그들 모두가 그토록 힘겹게 노력한 투쟁의 결실이 폭상 무너져 버렸고, 그들이 그토록 힘들게 깨뜨려 날라 온 돌들이 사방으로 흩어져 있었다. 동물들은 처음에는 아무 말도 하지 못하고 멍하니 서서, 무너져 내린 쓰레기 같은 돌무더기를 슬픈 눈으로 바라보았다. 나폴레옹은 말없이 왔다 갔다 하더니 이따금 땅에 코를 대고 킁킁거리며 냄새를 맡아보기도 했다. 얼마 후 그의 꼬리가 굳어지더니 좌우로 재빠르게 움직였다. 이는 그가 집중하여 무언가를 생각하고 있다는 표시였다. 갑자기 그는 마음을 정하기라도 한 듯 걸음을 멈추었다.

나폴레옹은 나지막한 목소리로 "동무들!" 하고 부르며 말을 시작했다.

"누가 이런 짓을 했는지 아시겠소? 한밤중에 침입하여 우리 풍차를 박살 낸 원수가 누군지 아시오? 바로 스노볼이오!"

그는 갑자기 천둥이라도 내리치듯 엄청나게 큰 소리로 부르짖었다.

"스노볼이 이런 짓을 했단 말이오! 그 반역자가 우리의 계획에 원한을 품고 복수를 한 것이오. 그 반역자가 컴컴한 밤을 이용해 이곳으로 기어들어 와 우리가 거의 1년 동안이나 피땀 흘려 세운 풍차를 박살내버렸소. 동무들, 나는 이 자리에서 스노볼에게 사형을 선고하는 바요. 그를 정의의 이름으로 처단하는 동무에게는 '이급 동물 영웅 훈장'과 사과 반 포대를 선물로 줄 것이고, 그를 산 채로 잡아 오는 동무에게는 사과 한 포대를 주겠소!"

스노볼이 이런 짓을 했다니, 동물들이 받은 충격은 엄청났다. 분노의 외침이 여기저기서 들렸고, 혹시라도 범인이 돌아오면 그를 어떻게 잡을지 궁리하기 시작했다. 동물들은 풍차를 파괴한 범인을 잡기 위해 수색하다가 둔덕에서 조금 떨어진 풀밭에서 돼지 발자국을 발견했다. 그 발자국은 겨우 몇 야드 정도 이어지다가 끊겨 있었는데, 울타리에 난 구멍으로 이어져 있었다. 나폴레옹은 그 발자국 냄새를 한참 동안 킁킁거리며 맡아보더니 스노볼의 발자국이 틀림없다고 말했다. 그는 스노볼이 필시 폭스우드 농장 쪽으로 갔을 것이라는 의견을 내놓았다.

나폴레옹은 발자국 조사를 끝마친 뒤에 큰소리로 외쳤다.

"동무들! 더는 꾸물대지 맙시다. 우리에겐 해야 할 일이 있소. 바로 오늘 아침부터 풍차 재건을 개시합시다. 비가 오건 눈이 오건 건설을 쉴 수는 없소. 그 가증스러운 반역자가 우리의 계획을 그렇게 쉽게 망가뜨릴 수 없다는 것을 보여줍시다. 동무들, 반드시 기억해야 합니다. 우리의 계획에 어떠한 변함도 없다는 것을. 세상이 끝나는 날까지 밀고 나가는 거요. 전진합시다. 동무들! 풍차 만세! 동물농장, 만세!"

7장

그해 겨울은 혹독하게 추웠다. 폭풍우가 몰아치더니 진눈깨비를 시작으로 폭설이 휘몰아쳤고, 단단하게 언 얼음은 2월 중순이 될 때까지 녹을 기미가 보이지 않았다. 동물들은 풍차 재건을 위해 할 수 있는 한 최선의 노력을 다했다. 바깥 세상은 자신들을 주의 깊게 지켜보고 있었고, 풍차 건설이 제때 끝나지 않으면 시기심 많은 인간들이 기쁨의 환성을 지를 것이 틀림없었기 때문이다.

동물들에게 악의를 품고 있던 인간들은 풍차를 파괴한 범인이 스노볼이라는 사실을 일부러 믿지 않는 척하면서 풍차가 무너진 진짜 원인은 풍차의 담을 너무 얇게 쌓았기 때문이라고 말했다. 하지만 동물들은 사실은 그렇지 않다는 것을 알고 있었다. 동물들은 이번에는 담의 두께를 예전처럼 45센티로 쌓지 않고 90센티로 두껍게 쌓기로 했다. 두껍게 쌓으려다 보니 훨씬 더 많은 양의 돌이 필요했다. 채석장에는 눈더미가 녹지 않아 아무것도 할 수가 없었다. 그 뒤에 이어진 건조하고 추운 날씨에도 일의 진척은 있었지만, 너무나 고되어 동물들은 예전만큼 희망을 품을 수가 없었다. 동물들은 늘 추위와 배고픔에 시달려야 했다. 모두 무너져 갔지만 오직 복서와 클로버만은 낙심하지 않았다. 스퀼러는 봉사의 기쁨과 노동의 존엄성에 대하여 감동적이고 훌륭한 연설을 늘어놓았지만, 동물들은 그의 연설보다는 지칠 줄 모르는 힘과 '내가 좀 더 열심히 일하겠어!'라고 외치는 복서에게서 더 큰 감명을 받았다.

1월이 되자 식량이 바닥을 보이기 시작했다. 옥수수 배급량이 크게 줄어든 대신 이를 보충하기 위해 감자 배급량을 늘리겠다는 발표가 있었다. 그러나 수확한 감자를 묻은 구덩이에 충분한 흙을 덮어두지 않는 바람에 쌓아놓은 감자 더미가 그대로 얼어버렸다. 결국 언 감자는 상온에서 녹으면서 물컹물컹해지고 색이 바래 거의 먹을 수가 없었다. 동물들은 며칠을 왕겨와 사료용 사탕무만으로 견뎌야 했다. 그들은 이제 굶어 죽을 위기에 직면한 것이다.

동물농장 지도부에서는 이 사실을 바깥세상에 숨기는 일

이 절대적으로 필요했다. 풍차가 무너졌다는 소식에 힘을 얻은 인간들은 동물농장에 관한 새로운 거짓말을 만들어내고 있었다. 모든 동물이 굶주림과 질병으로 죽어가고 있으며, 싸움질이 그칠 날이 없고, 동물들끼리 서로를 잡아먹는가 하면 새끼를 죽이는 지경에 이르렀다는 소문을 퍼뜨렸다.

나폴레옹은 동물농장의 식량 사정이 외부에 알려지게 되면 뒤따를 부정적인 결과를 너무나 잘 인식하고 있었다. 그래서 그는 중개인 휨퍼 씨를 이용하여 정반대의 소문을 퍼뜨릴 결심을 했다. 지금까지 동물들은 매주 한 번 방문하는 휨퍼 씨와 접촉을 거의 안 하거나 아예 하지 않았다. 하지만 이제는 몇몇 선발된 동물들이 (주로 양이 선발되었다) 우연을 가장하여 휨퍼 씨가 듣는 자리에서 식량 배급이 늘었다고 말하도록 지시받았다. 뒤이어 나폴레옹은 부하에게 창고의 비어 있는 곡식 통들을 모래로 가득 채운 뒤 그 위에 남은 낟알과 곡물가루를 살짝 덮어놓으라고 지시했다.

나폴레옹은 적당한 구실을 둘러대며 휨퍼를 창고까지 유인해 와서 수북한 식량을 보게 했다. 휨퍼는 그들에게 속아 넘어가서 바깥세상에 동물농장은 식량이 남아돈다고 소문을 퍼뜨렸다.

하지만 1월 말경에는 어떻게든 식량을 구해 와야 했다. 그 즈음 나폴레옹은 공개 석상에는 거의 나타나지 않고, 온종일 틀어박혀 지냈다. 그리고 그가 거처하는 방의 문이란 문은 모두 사납게 생긴 개들이 지키고 있었다. 나폴레옹이 집 밖으로 나올 때는 여섯 마리의 개가 호위를 했는데, 그 모습은 마치 무슨 의식을 치르는 것처럼 보였다. 늘 여섯 마리의 개가 그를 호위하고 있다가 누군가 가까이 접근이라도 하면 으르렁거리며 막았다. 나폴레옹은 일요일 아침의 집회에 거의 나타나지 않았는데, 그의 명령은 부하 돼지 중 한 마리가 전달했다. 그 일은 대부분 스퀼러가 맡아 했다.

어느 일요일 아침, 스퀼러는 이제 막 다시 알을 낳기 시작한 암탉들에게 달걀을 모두 내놓아야 한다고 발표했다. 나폴레옹은 휨퍼의 중계로 매주 계란 400개씩을 넘기기로 계약했던 것이다. 그 돈이면 여름이 되어 상황이 좋아질 때까지 농장을 유지하는 데 필요한 곡식과 곡물가루를 살 수 있다고 했다.

이 소식을 들은 암탉들은 무시무시한 고함을 질러댔다. 암탉들은 언젠가 이러한 희생이 필요할지 모른다는 말을 듣기는 했지만, 실제로 자신들에게 그런 일이 닥칠 것이라고는 생각지도 못했던 것이다. 그들은 봄철을 맞아 병아리를 부화시키기 위해 막 알을 품고 있었으므로, 품고 있던 달걀을 수거해 간다는 것은 살육 행위나 마찬가지라고 항변했다. 존스가 추방된 뒤 처음으로 가벼운 반란이 발생했다. 검은 미노르카

종 젊은 암탉 세 마리가 반란을 주도했는데, 이들 암탉은 나폴레옹의 요구를 물리치기 위해 단호한 행동에 들어갔다. 암탉들의 저항 방법은 높은 서까래로 날아 올라가 그곳에서 달걀을 낳아 바닥에 떨어뜨려 박살을 내는 것이었다.

이 사실을 알게 된 나폴레옹은 즉각 무자비한 조처를 했다. 그는 암탉들의 식량 배급을 중지하라고 명령했다. 어떤 동물이든 암탉에게 단 한 톨이라도 곡식을 주는 것이 발각되면 사형에 처하겠다고 공표했는데, 나폴레옹의 충복인 개들이 이 명령이 제대로 지켜지는지 감시했다. 암탉들은 닷새 동안 저항하다가 도저히 견디지 못하고 항복한 뒤 각자 자기의 둥지로 돌아갔다. 그동안 암탉 아홉 마리가 굶어 죽었다. 그들의 사체는 과수원에 묻혔고, 사인은 '콕시디아증'이라는 병에 걸려 죽었다고 발표했다. 휨퍼는 이 사건에 대해 아무것도 알지 못했고, 달걀은 제시간에 준비되어 식료품 가게의 마차가 1주일에 한 번씩 농장에 와서 실어 갔다.

이러한 일들이 일어나는 동안 스노볼의 모습은 그 어디에서도 찾을 수 없었다. 소문으로는 그가 인근의 폭스우드 농장이나 핀치필드 농장에 숨어 지낸다고 했다.

그즈음 나폴레옹은 조금 너그러워져서 다른 농장 주인들과 원만하게 지내고 있었다. 동물농장 마당에는 10년 전 너도밤나무 숲을 벌목할 때 쌓아놓은 목재 더미가 있었다. 목재는 잘 말라 있었고, 휨퍼는 나폴레옹에게 그것을 팔라고 권유했다. 필킹턴과 프레더릭 모두 그것을 몹시 사고 싶어 했다. 나폴레옹은 결정을 내리지 못한 채 이 두 사람 사이에서 갈팡질팡 망설이고 있었다. 나폴레옹이 프레더릭과 계약할 것처럼 하면 스노볼이 폭스우드 농장에 숨어 있다는 소문이 들렸고, 또 필킹턴에게 마음이 기울면 스노볼이 핀치필드 농장에 숨어 있다는 소문이 나돌았다.

어느 이른 봄날, 놀랄 만한 사실이 밝혀졌다. 스노볼이 밤을 틈타 농장에 수없이 들락거린다는 것이었다. 불안해진 동물들은 도통 잠을 이룰 수가 없었다. 소문에 의하면 그는 밤마다 어둠을 틈타 잠입하여 옥수수를 훔치는가 하면, 우유 양동이를 뒤집어 버리기도 하고, 달걀을 깨고, 묘판을 짓밟고, 과일나무 껍질을 이빨로 갉아 말라 죽게 한다는 것이었다. 그렇게 되자 농장에서는 안 좋은 일이 발생할 때마다 스노볼 탓으로 돌리게 되었다. 창문이 깨져 있다거나 배수로가 막혀도 모두 한목소리로 스노볼이 밤에 들어와 그런 짓을 한 것이 틀림없다고 말했다. 그리고 곡식 창고의 열쇠를 잃어버렸을 때도 스노볼이 열쇠를 우물에 던져 넣은 것이라고 확신했다. 그런데 너무나 이상한 일은, 잃어버렸던 열쇠가 곡식 가루 포대 밑에서 발견된 뒤에도 스노볼이 열쇠를 우물에 던져 넣은 것이라고 계속해서 우겼다. 암소들은 스노볼이 외양간에 들어와 자기들이 잠자는 사이에 우유를 짜 갔다고 이구동성으로 주장했다. 그해 겨울, 여러 가지로 말썽을 피웠던 쥐들이 알고 보니 스노볼과 동맹을 맺었다는 소문이 나돌았다.

나폴레옹은 스노볼의 범죄 사실을 철저히 조사하라고 선포했다. 그가 개들을 거느리고 나타나 농장 건물들을 조사하자, 다른 동물들은 경의의 표시로 일정한 거리를 두고 그를 뒤따랐다. 나폴레옹은 몇 발짝 걷다가 멈추고는 스노볼의 발자국을 찾아 주둥이를 땅에 박고 쿵쿵거리며 냄새를 맡았는데, 그는 냄새로 스노볼의 발자국을 찾아낼 수 있다고 장담했다. 그는 헛간, 외양간, 닭장, 채소밭 할 것 없이 구석구석을 샅샅이 훑고 다니면서 냄새를 맡았고, 거의 모든 곳에서 스노볼의 흔적을 찾아냈다. 그는 주둥이를 땅에 대고는 몇 번 깊이 숨을 들이마시며 냄새를 맡더니 엄숙한 목소리로 "스노볼이야! 그놈이 여기에 왔었어! 그놈 냄새가 분명해!"라고 외쳤고, '스노볼'이라는 단어를 입 밖에 낼 때마다 모든 개가 송곳니를 드러내며 등골이 오싹해지도록 으르렁거렸다.

동물들은 뼛속까지 두려움에 떨었다. 그들은 스노볼이 보이지 않는 유령처럼 허공을 떠다니며 자신들을 협박하는 것 같았다. 저녁이 되자 스퀼러가 모든 동물들을 불러 모아놓고 긴장한 얼굴로 중대 뉴스가 있다고 발표했다.

스퀼러는 이리저리 서성이며 신경질적으로 외쳤다.

"동무들! 정말 무시무시한 사실이 밝혀졌소. 핀치필드 농장의 프레더릭이 우리를 공격해 농장을 빼앗으려는 음모를 꾸미고 있는데, 스노볼이 거기에 가담했다고 하오. 공격이 시작되면 스노볼은 놈의 앞잡이 역할을 할 것이 틀림없소. 그런데 그보다 더 나쁜 소식이 있소. 우리는 지금까지 스노볼이 단지 허영심과 야망 때문에 반역을 일으켰다고 생각했는데, 그건 우리의 오판이었소. 동무들, 그 모든 것의 진짜 이유가 뭔지 아시오? 스노볼은 처음부터 존스와 한패였던 거요. 그는 처음부터 줄곧 존스의 첩자였소. 이 모든 것은 그놈이 남겨두고 떠난 문서에서 발견됐소. 우리는 지금 막 그 문서를 찾아냈소. 이제 모든 의문의 열쇠가 풀렸다고 생각하오. 동무들! 다행히 성공을 거두지는 못했지만, '외양간 전투'에서 스노볼이 우리를 어떤 식으로 무너뜨리고 파괴했는지 직접 보았잖소!"

동물들은 너무나 놀라 어찌할 바를 몰랐다. 그 사실이 틀림없다면 그는 풍차를 파괴한 것과는 비교도 안 될 정도로 사악한 짓을 한 것이다! 시간이 어느 정도 흐른 후에야 동물들은 이 놀라운 사실을 온전히 받아들일 수 있었다. 동물들은 스노볼이 '외양간 전투'에서 앞장서서 돌격하던 모습이며, 위기의 순간마다 새롭게 진용을 갖추어 용기를 북돋아주었던 모습, 그리고 존스가 쏜 총알이 등에 맞아 상처가 났을 때

한순간도 멈칫거리지 않았던 모습을 기억했다. 아니, 기억한다고 생각했다. 그런데 그런 그가 존스 편이었다니, 동물들은 도저히 이해할 수가 없었다. 좀체 질문이 없는 복서조차도 헷갈렸다. 복서는 앞발을 당겨 가슴 아래에 깔고 앉아서, 눈을 지그시 감고 어떻게든 생각을 정리해보려고 애를 썼다.

드디어 복서가 입을 열었다.

"나는 그것을 믿지 않아요. 스노볼은 외양간 전투에서 얼마나 열심히 싸웠습니까? 나는 이 두 눈으로 똑똑히 보았소. 전투가 끝난 직후에 그에게 '일급 동물 영웅 훈장'을 주지 않았습니까?"

"동무, 그건 우리의 실수였소. 이제야 알았지만 그건 그놈이 우리를 꼬드겨 파멸로 이끌려고 했던 작전이었소. 우리가 지금 찾아낸 비밀문서에 그 모든 사실이 적혀 있었소."

"하지만 그는 상처까지 입었잖소. 우리 동물들은 그가 피를 철철 흘리며 뛰는 것을 두 눈으로 봤다고요."

그러자 스퀼러가 외쳤다.

"그것도 다 그의 계획의 일부였소! 존스의 총알이 그를 살짝 스치고 지나가지 않았소. 그게 다 짜고 한 짓이었다는 것이 그가 쓴 글에 다 나와 있었소. 동무가 읽을 수만 있으면 그놈이 직접 쓴 문서를 보여줄 수도 있으련만. 스노볼은 음모를 꾸며 결정적인 순간에 후퇴 신호를 보내 적에게 우리의 땅을 넘겨줄 작정이었소. 놈의 음모는 거의 성공할 뻔했소. 동무들, 내 감히 말하지만 우리의 영웅적인 지도자 나폴레옹 동지가 없었다면 놈은 성공했을 거요. 여러분은 존스와 그 일당이 마당으로 쳐들어왔던 순간을 기억하지 못하오? 놈들이 쳐들어오자 스노볼이 갑자기 돌아서서 달아났고, 많은 동물들이 그의 뒤를 따라 도망치지 않았소? 그리고 우리가 공포에 사로잡혀 우왕좌왕하고 있던 바로 그 순간 나폴레옹 동지가 '인간들에게 죽음을!'이라고 큰소리로 외치시며, 앞으로 돌진하여 존스 놈의 다리에 이빨을 꽉 박아 넣었던 광경을 여러분은 기억하지 못하오? 동무들, 그 일을 틀림없이 기억하고 있겠지요?"

스퀄러는 이리저리 펄쩍펄쩍 뛰어다니며 악을 써댔다.

스퀄러가 그 장면을 너무도 생생하게 묘사한 덕분에 동물들은 아스라이 사라졌던 과거의 기억을 떠올리는 듯했다. 어쨌든 전투가 진행 중인 긴급한 상황에 스노볼이 돌아서서 달아난 것을 동물들은 기억했다. 하지만 복서는 여전히 마음이 찜찜했다.

복서가 자신의 속내를 밝혔다.

"하지만 나는 스노볼이 처음부터 반역자였다는 말은 못 믿겠어요. 달아난 뒤에 그가 무슨 짓을 했는지는 모르지만. 어쨌건 외양간 전투에서는 좋은 동무였다고 믿어요."

"우리의 지도자 나폴레옹 동지께서는," 스퀼러는 한 마디 한 마디에 힘을 주어 단호하게 말했다. "명확하게, 정말 명확하게, 스노볼이 처음부터 존스의 첩자였다고 단언하셨소. 동무, 그렇소! 반란을 꾀하기 오래전부터 놈은 간첩이었다고 단언하셨소."

그러자 복서가 말했다.

"아, 그러면 이야기는 다르지요! 나폴레옹 동지가 그렇게 말씀하셨다면, 그것은 틀림없는 사실이겠지요."

"동무는 참으로 올바른 정신의 소유자요!" 스퀼러가 외쳤다. 말은 그렇게 했지만 복서에게 매우 불쾌하다는 듯한 표정을 지으며, 번들거리는 가느다란 눈으로 쩨려보는 것을 동물들은 알아차렸다. 스퀼러는 돌아서서 가다가 잠시 멈춰 서더니 엄숙하게 몇 마디 덧붙였다.

"경고하건대 우리 농장에 있는 모든 동물은 눈을 크게 뜨고 주변을 감시하시오. 스노볼의 첩자가 지금 이 순간에도 우리들 사이에 숨어 있다고 생각할 만한 근거가 있기 때문이오."

그로부터 사흘째 되던 날 오후에 나폴레옹은 모든 동물들에게 마당에 모이라고 명령했다. 동물들이 마당으로 모이자 나폴레옹은 메달 두 개를 달고(최근 그는 '일급 동물 영웅 훈장'과 '이급 동물 영웅 훈장'을 스스로에게 수여했다) 농장 본채에서 나왔다. 사납고 거대한 개 아홉 마리가 그의 주변을 뛰어다니며 으르렁거렸는데, 그 모습을 본 동물들은 등골이 오싹했다. 동물들은 어쩐지 무시무시한 일이 일어날 것 같은 예감이라도 들었는지 겁에 질려 자기 자리로 가서 조용히 웅크리고 앉았다.

나폴레옹은 험악한 표정으로 주변을 천천히 살펴보더니 잠시 후 날카로운 소리로 꽥꽥거렸다. 그러자 개들이 즉시 앞으로 뛰쳐나와 돼지 네 마리의 귀를 물고 나폴레옹의 발치까지 끌고 왔다. 끌려 나간 돼지들은 고통과 두려움으로 꽥꽥 비명을 질러댔다. 돼지들의 귀에서는 피가 철철 흘렀고, 개들은 피 맛을 보았다. 잠깐이었지만 그 개들은 완전히 미친 것처럼 보였다.

이들 세 마리의 개는 갑자기 복서를 덮쳤다. 복서는 개들이 다가오는 것을 보고 커다란 앞발을 쭉 뻗어, 개 한 마리를 공중에서 낚아채 땅에 메다꽂고, 큰 발굽으로 짓눌렀다. 개는 비명을 지르며 자비를 베풀어달라고 간청했고, 다른 두 마리의 개는 다리 사이에 꼬리를 사리고 도망쳐버렸다. 복서는 그 개를 밟아 죽여야 할지, 아니면 놓아주어야 할지 묻는 듯이 나폴레옹을 쳐다보았다. 순간 나폴레옹의 안색이 변하더니, 딱딱한 목소리로 그 개를 놓아주라고 엄하게 명령했다. 그 말에 복서가 발굽을 들어올리자, 상처 입은 개는 낑낑대면서 눈치를 보더니 슬그머니 사라져버렸다.

소동은 곧 가라앉았다. 돼지 네 마리는 다리를 후들후들 떨었고, 그들은 얼굴 주름으로 '나는 죄인이오'라고 쓰인 듯한 표정을 지으며 기다렸다. 나폴레옹은 그들에게 지은 죄를 자백하라고 다그쳤다. 그들은 나폴레옹이 일요일 집회를 폐지했을 때 항의했던 문제의 돼지들이었다. '어서 자백해!'라고 명령을 할 필요도 없었다. 돼지들은 스노볼이 추방당한 후 계속 그와 접촉해왔고, 스노볼과 짜고 풍차를 파괴했으며, 동물농장을 프레더릭에게 넘겨주기로 공모했다고 자백했다. 그리고 덧붙여 스노볼이 지난 몇 년간 존스의 첩자 노릇을 했다고 자기들에게 은밀히 털어놓았다고 말했다. 돼지들의 자백이 끝나자마자 개들이 즉각 달려들어 그들의 모가지를 물어뜯었고, 나폴레옹은 무서운 소리로 다른 동물들도 자백할 것이 있으면 당장 하라고 다그쳤다.

뒤이어 달걀 사건이 일어났을 때, 반란을 주도한 암탉 세 마리가 앞으로 나와 스노볼이 꿈속에 나타나 나폴레옹의 명령에 복종하지 말라고 부추겼다고 진술했다. 그 닭들도 그 자리에서 처형당했다. 그다음에는 거위가 앞으로 나와 작년 추수 때 옥수수 이삭 여섯 개를 훔쳐 밤에 먹었다고 자백했다. 또 그다음에는 양 한 마리가 나와 물 마시는 웅덩이에 오줌을 누었는데, 이것도 스노볼이 강요한 것이었다고 자백했다.

그리고 다른 양 두 마리는 자기들이 기침병에 걸린 늙은 숫양 하나(그 숫양은 나폴레옹을 헌신적으로 추종했다)를 모닥불 가까이 오지 못하도록 내쫓은 뒤 살해했다고 자백했다. 이들도 모두 그 자리에서 처형되었다. 그렇게 자백과 처형이 계속되는 동안 나폴레옹의 발치에는 동물들의 사체가 산을 이루었고, 주변에는 피비린내가 진동했다. 이렇게 끔찍한 일이 일어난 것은 존스가 추방된 이래 처음이었다.

처형이 끝나자 돼지와 개를 제외한 동물들은 무리를 지어 슬그머니 자리를 떠났다. 그들은 온몸이 떨릴 정도로 불안하고 비참했다. 동물들은 스노볼과 공모한 자들의 배반 행위와 방금 목격한 잔인한 처형 가운데 어느 쪽이 더 충격적인지 알 수 없었다. 예전에도 이런 끔찍한 살육 장면을 더러 보긴 했지만, 그때와는 달랐다. 이번의 살육은 자기네 동족들 사이에서 발생했다는 점에서 훨씬 더 충격적이었다. 존스가 농장을 떠난 이래 지금까지는 어떤 동물도 살해한 적이 없었다. 심지어 쥐조차도 살해당한 적이 없었다.

실의에 잠긴 동물들은 반쯤 지어진 풍차가 있는 나지막한 둔덕으로 올라갔다. 체온을 나누기 위해 떼 지어서 모이듯 클로버, 뮤리엘, 벤저민을 비롯해 암소, 양, 거위와 암탉 들이 웅크리고 모여 앉았다. 고양이는 나폴레옹이 모두 모이라고 명령하기 직전에 갑자기 사라져버렸다. 그들은 한동안 아무 말도 하지 않았다. 복서만이 혼자 서 있었다. 그는 안절부절못하고 앞뒤로 왔다 갔다 하며, 기다란 검은 꼬리로 자기 옆구리를 찰싹찰싹 쳤다. 복서는 충격을 받았는지 힝 하고 나지막한 소리를 내더니 마침내 입을 열었다.

"나는 이해할 수가 없어. 이런 일이 우리 농장에서 일어났다는 사실 말이야. 이건 우리가 뭔가 잘못했기 때문일 거야. 내가 아는 한 해결책은 더 열심히 일하는 것뿐이야. 앞으로 다른 동물보다 한 시간 일찍 일어나야겠어."

그러고는 육중한 몸을 일으켜 서둘러 채석장을 향해 걸어갔다. 채석장에 도착한 그는 돌 두 짐을 연달아 풍차 건설 현장으로 나르고 난 뒤에야 마구간으로 돌아가 잠을 청했다.

동물들은 아무 말 없이 암말인 클로버를 에워싸고 모였다. 그들이 앉아 있는 둔덕에서는 그 일대의 시골 풍경이 한눈에 내려다보였다. 한길로 쭉 뻗어 있는 기다란 목초지, 건초용 꼴을 베는 풀밭, 잡목림, 물 마시는 샘, 어린싹이 무성하게 자라고 있는 푸른 밀밭, 굴뚝에서 연기가 모락모락 피어오르는 농장 건물의 붉은 지붕 등 동물농장 대부분이 시야에 들어왔다. 맑게 갠 봄날 저녁이었다. 나무의 싹이 움을 틔우기 시작한 울타리는 저녁 햇살을 받아 황금색으로 빛나고 있었다. 농장이 지금만큼 자랑스러워 보인 적이 없었다. 이 농장 구석구석이 전부 자기네 것이라고 생각하자 동물들은 새삼 감동이 밀려왔다. 언덕 아래로 농장을 내려다보던 클로버의 눈에 눈물이 가득 고였다. 그녀가 자기 생각을 말로 표현할 수 있었다면, 여러 해 전에 인간을 몰아내기 위해 반란을 일으켰던 것은 지금과 같은 처참한 꼴을 보고 싶어서 그랬던 것이 아니라는 말을 했을 것이다. 오늘 있었던 공포의 살육 장면은 메이저 영감이 처음으로 반란을 일으키라고 부추겼던 그날 밤, 그들이 꿈꾸고 기대했던 일은 아니었다. 그녀가 꿈꾼 미래의 모습은 모든 동물들이 굶주림과 채찍으로부터 해방되어 평등을 누리는 사회, 누구나 능력에 따라 일하는 사회였다. 메이저 영감이 연설하던 날 밤, 자신이 어미를 잃은 새끼 오리 한 무리를 앞발로 감싸 보호해주었던 것처럼 강한 자가 약한 자를 보호해주는 사회였다. 그런데 그런 사회 대신 찾아온 것은 누구도 자기 생각을 말로 표현하지 못하고, 사납게 으르렁거리는 개들이 사방을 뛰어다니고, 동지들이 충격적인 범죄 행위를 자백한 뒤에 갈가리 찢겨 죽는 모습을 보아야만 하는 시절을 만나게 된 것이다. 물론 클로버는 반란을 일으키거나 불복종할 생각은 없었다. 이런 사태가 일어나긴 했지만 존스 시절보다는 지금이 훨씬 낫다는 것과 인간들이 돌아오지 못하도록 막아야 한다는 것을 잘 알고 있었다. 무슨 일이 일어난다고 하더라도 그녀는 끝까지 충성을 지키며 남아 있을 것이며, 열심히 일하고, 주어진 명령을 수행할 것이며, 나폴레옹을 지도자로 인정할 생각이었다. 하지만 클로버를 비롯한 다른 동물들이 진정 바란 것, 온몸을 바쳐 바란 것은 이런 날을 위해서가 아니었다. 풍차를 건설하고, 존스가 퍼붓는 총알에 맞서 싸운 것은 결코 이런 날을 위해서가 아니었다. 말재주가 없어서 이러한 생각을 말로 표현할 수는 없었지만, 클로버의 생각은 그러했다.

마침내 그녀는 말로 표현할 수 없는 것을 노래로 대신해야겠다는 듯 〈영국의 동물들〉을 노래하기 시작했다. 주위에 앉아 있던 다른 동물들도 그 노래를 따라 불렀는데, 예전과는 달리 몹시 아름답지만 슬프게 느껴지는 가락으로 천천히 불렀다. 그것도 세 번이나.

노래를 세 번 연이어 부르고 났을 때, 스퀼러가 개 두 마리를 대동하고 뭔가 중요하게 전할 말이 있다는 태도로 다가왔다. 그는 대뜸 나폴레옹 동지의 특명으로 〈영국의 동물들〉이 금지곡이 되었다고 발표했다. 지금부터 그 노래를 불러서는 안 된다고 말했다.

동물들은 당황했다.

염소 뮤리엘이 "왜요?"라고 물었다.

스퀼러가 뻣뻣하게 대답했다.

"동무, 그 노래는 이제 더는 필요 없게 됐소. 〈영국의 동물들〉은 반란가였잖소. 알다시피 반란은 이제 완수되었지 않소. 오늘 오후에 반역자들을 처단한 것이 마지막 행동이었소. 외부의 적과 내부의 적 모두를 무찔렀소. 〈영국의 동물들〉을 통해 우리는 보다 나은 미래 사회에 대한 열망을 표현했소. 그런데 그 사회가 수립되었으니 그 노래를 부를 목적이 더는 없어졌다는 것이오."

동물들이 몹시 겁을 먹기는 했지만, 몇몇 동물은 항의하고 싶은 심정이었다. 하지만 이때 양들이 또 나서서 매 하며 '네 발은 좋고 두 발은 나쁘다'라고 노래하기 시작했다. 이 노래가 몇 분 동안이나 계속되자 토론은 결국 흐지부지 끝나고 말았다.

그리하여 〈영국의 동물들〉은 더는 들을 수 없게 되었다. 그 대신 시인인 돼지 미니무스가 다음과 같이 시작하는 노래를 작곡했다.

동물농장이여, 동물농장이여,
난 그대에게 해를 입히지 않으리오.

매주 일요일 아침마다 동물들은 깃발 게양식이 끝난 후에 이 노래를 불렀다. 그러나 동물들 생각에 그 노래의 가사나 가락이 〈영국의 동물들〉에 미치지 못한다고 느꼈다.

8장

　며칠이 지나 반역자 처형이 불러일으킨 공포가 가라앉을 때쯤, 몇몇 동물들은 '어떤 동물도 다른 동물을 죽여서는 안 된다'라는 여섯 번째 계명을 기억하거나 기억하고 있다고 생각했다. 그리고 돼지나 개가 듣는 곳에서는 누구도 감히 이 계명을 언급하지 않도록 주의하긴 했지만, 얼마 전에 일어난 살육 행위가 이 계명과 맞지 않는다고 느꼈다. 클로버가 당나귀 벤저민에게 여섯 번째 계명을 읽어달라고 부탁했고, 벤저민은 평소와 마찬가지로 자기는 그런 일에 일절 끼이지 않겠다고 대답하자, 그녀는 염소 뮤리엘을 데리고 그곳으로 갔다. 뮤리엘이 그녀에게 계명을 읽어주었다. 그런데 계명은 '어떤 동물도 이유 없이 다른 동물을 죽여서는 안 된다'라고 되어 있었다. 어쩐 일인지 '이유 없이'라는 두 단어가 생소했다. 하지만 그들은 이제 그 계명을 위반하지 않았음을 알게 되었다. 스노볼과 공모한 반역자들을 죽인 데는 정당한 근거가 있음이 분명했기 때문이다.

그해 동물들은 그 전해보다 훨씬 더 열심히 일했다. 일상적인 농장 일을 하는 틈틈이 풍차의 돌담을 예전의 두 배 두께로 쌓는 일도 했다. 예정된 날짜에 풍차 건설을 끝내자니 보통 힘든 일이 아니었다. 최근 동물들은 자신들이 존스 시절보다 더 많은 시간 노동을 하고 먹는 양은 훨씬 줄었다고 느껴질 때가 많았다. 일요일 아침마다 스퀼러는 앞발로 기다란 통계 숫자 목록을 들고나와서 동물들에게 각종 식량 생산량이 때에 따라 200퍼센트, 300퍼센트, 또는 500퍼센트씩 증산되었다는 내용을 큰소리로 읽어주었다. 동물들은 그 말을 반박할 만한 근거를 찾을 수 없었다. 특히 이제는 반란 이전의 식량 사정이 어떠했는지조차 명확하게 기억할 수가 없었다. 하지만 그들은 때때로 차라리 통계 숫자야 뭐라고 해도 상관없으니 배불리 먹기나 했으면 좋겠다고 생각했다.

모든 명령이 이제는 스퀼러나 다른 돼지를 통해 동물들에게 전달되었다. 나폴레옹 자신은 보름에 한 번 정도 공적인 자리에만 모습을 드러냈다. 그가 나타날 때는 공식 수행원인 개들은 물론이고, 젊고 기운찬 수탉 한 마리도 그의 앞에서 길을 트며 행진하는 것이었다. 나팔수 역할을 담당하는 젊은 수탉은 나폴레옹이 연설하기 전에 목청껏 "꼬끼요오오오!" 하고 큰소리로 외쳤다. 나폴레옹은 다른 동물들과 따로 떨어져 농장 본채의 별도 침실에서 지내고 있다는 말이 돌았다. 나폴레옹은 혼자 식사를 하는데, 개 두 마리가 시중을 들고, 거실의 유리 찬장에 있는 크라운 더비 정찬용 식기에 담아서 식사한다고 했다. 또한 축포는 1년에 두 번 있는 경축일 외에 매년 나폴레옹의 생일에도 발사한다고 발표했다.

이제 누구도 나폴레옹을 그냥 '나폴레옹'이라고 부르지 않았다. 동물들은 나폴레옹을 공식 명칭인 '우리의 지도자 나폴레옹 동지'라고 불렀으며, 돼지들은 '모든 동물의 아버지', '인류의 공포', '양떼의 보호자', '새끼 오리의 친구' 등등의 칭호를 만들어 붙여 부르기를 좋아했다. 스퀼러는 연설을 할 때면 두 뺨에 눈물을 줄줄 흘리며 우리의 지도자 나폴레옹 동지의 지혜와 따스하고 선한 심성, 그리고 만방에 사는 모든 동물에 대한 깊은 사랑, 특히 아직도 여러 농장에서 아무것도 모르고 노예 생활을 하는 동물들까지 염려하는 무한한 동물 사랑을 언급했다. 성공적으로 잘 풀린 일이나 농장에 일어난 행운은 나폴레옹 동지 덕분이라고 여기는 것이 당연시되었다. 한 암탉이 다른 암탉에게 "우리의 지도자 나폴레옹 동지의 보호 아래 엿새 동안 달걀을 다섯 개나 낳았어!"라고 꼬꼬

맥거리며 말하는 소리를 종종 들을 수 있었으며, 암소 두 마리가 웅덩이에서 물을 마시다가 음매 하며 "나폴레옹 동지의 영도력 덕분에 물맛이 훨씬 좋아졌어!"라고 감탄하는 소리도 자주 들을 수 있었다. 농장의 전체적인 분위기는 미니무스가 지은 〈나폴레옹 동지〉라는 다음과 같은 시에 잘 표현되어 있었다.

아비 없는 자들의 친구이자
행복의 원천이시고
여물통의 주인이시여! 오, 내 영혼이
불타도다, 하늘의 태양처럼
조용하고 위엄 있는
당신의 눈을 바라보노라면
아아, 나의 나폴레옹 동지시여!

당신은 당신의 동물들이
원하는 모든 것을 베풀어주시는 분!
하루 두 번 배불리 먹여주시고
깨끗한 짚더미에서 뒹굴게 하시도다
크고 작은 동물들이
자기 짚더미에서 편히 잠자도록
당신은 우리의 모든 것을 돌보시도다

나폴레옹 동지여!

내게 젖먹이 새끼돼지가 있다면
녀석이 한 홉들이 맥주잔만큼
크게 자라기 전에
충성하고 진실해지는 법을
배우게 하리라.
그래, 그가 맨 처음 내는 꽥꽥거리는 소리는
'나폴레옹 동지!'이리니.

나폴레옹은 이 시에 몹시 만족해하며 그것을 커다란 헛간 벽의 7계명 반대편 끝에 써놓으라고 지시했다. 그리고 그 위쪽에는 스퀼러가 나폴레옹의 옆얼굴 초상화를 흰색 페인트로 그려놓았다.

한편 나폴레옹은 휨퍼의 중개로 프레더릭과 필킹턴을 상대로 꽤 복잡한 협상을 하고 있었다. 마당에 쌓아놓은 목재가 아직 팔리지 않았기 때문이다. 두 사람 가운데 그 목재를 좀 더 탐내는 쪽은 프레더릭이었지만, 그는 합당한 가격을 제시하지는 않았다. 그러던 차에 풍차 건설을 몹시 시기하는 프레더릭이 부하들과 함께 동물농장을 습격해 풍차를 파괴하려 한다는 소문이 다시 나돌기 시작했다. 스노볼은 여전히 핀치필드 농장에 숨어 있다고 알려져 있었다.

더위가 한창 맹위를 떨치던 어느 날, 암탉 세 마리가 앞으로 끌려 나와 스노볼의 사주로 나폴레옹을 살해하려는 음모에 가담했다고 털어놓았다는 소식을 듣고 동물들은 깜짝 놀랐다. 그 암탉들은 바로 처형되었고, 나폴레옹의 신변 안전을 위한 새로운 조치가 취해졌다. 방에는 개 네 마리가 그의 침대 네 귀퉁이를 지켰고, 나폴레옹이 음식을 먹기 전에 음식에 독이 들어 있는지를 점검하기 위해 핑크아이라는 젊은 돼지가 미리 맛보는 임무를 맡았다.

그 사건과 거의 동시에 나폴레옹이 목재 더미를 필킹턴 씨에게 팔기로 했다는 소문이 돌았다. 동물농장과 폭스우드 농장 사이에 몇몇 생산물 교환을 위한 정식 계약을 체결하려고 한다는 것이었다. 나폴레옹과 필킹턴은 비록 휨퍼를 통한 거래이기는 했지만, 상당히 우호적이었다. 동물들은 필킹턴이 인간이었기에 그를 그다지 신뢰하지는 않았지만, 프레더릭보다는 훨씬 낫다고 생각했다. 이미 그들은 프레더릭을 두려워하는 것을 넘어 증오했다.

여름이 끝나가고 풍차가 거의 완공되어 갈 무렵, 반역자들의 공격이 임박했다는 소문이 점점 더 확산되었다. 소문에 따르면 프레더릭은 총으로 무장한 장정 스무 명을 이끌고 쳐들어오기로 계획을 세웠다는 것이다. 이미 자신이 동물농장의 소유권을 장악했을 때 행정관서나 경찰이 이를 문제 삼지 않도록 뇌물까지 먹여놓았다는 것이었다. 게다가 프레더릭이 자기네 농장의 동물들에게 잔혹한 짓을 한다는 소문이 핀치필드 농장에서 흘러나왔다. 프레더릭이 늙은 말 한 마리를 채찍으로 때려죽였고, 암소들을 굶겨 죽였으며, 개를 불타는 아궁이에 던져 넣어 태워 죽였고, 저녁이면 수탉들의 발톱에 날카로운 면도날 조각을 끼워 닭싸움을 시키며 즐긴다는 것이었다. 동물들은 자기네와 같은 동족에게 이런 잔인한 일이 행해진다는 소식을 듣자 피가 거꾸로 치솟을 정도로 흥분했다. 그들은 단체로 핀치필드 농장으로 쳐들어가 인간들을 몰아내고 동물들을 해방하게 허락해달라고 떠들어댔다. 그러자 스퀼러는 성급한 행동은 자제하고 나폴레옹 동지의 전략을 믿어보자고 충고했다.

그런데도 프레더릭에 대한 분노는 갈수록 거세지기만 했다. 어느 일요일 아침, 헛간에 나타난 나폴레옹이 자신은 목재 더미를 프레더릭에게 팔 생각은 추호도 없다고 발표했다. 그런 악당과 거래하는 것은 자신의 체면을 깎는 일이라는 것이었다. 동물농장의 '반란' 사건을 다른 농장에 퍼뜨리기 위해 여전히 밖에 파견되어 있던 비둘기들은 필킹턴의 폭스우드 농장에만은 얼쩡거리지 말라는 금지령과, '인간에게 죽음을!'이라는 구호를 버리고 '프레더릭에게 죽음을!'이라는 새로운 구호를 사용하라는 명령을 내렸다.

여름이 끝나갈 무렵, 스노볼이 꾸민 또 다른 음모가 드러났다. 농장의 밀밭이 온통 잡초로 뒤덮여 있었는데, 그것 역시 스노볼이 어둠을 틈타 몰래 숨어들어와 종자용 밀 씨앗에 잡초 씨를 섞어놓은 것이라는 사실이 밝혀졌다. 이 음모에 비밀스럽게 관여했던 수컷 거위 한 마리가 스퀼러에게 범죄 사실을 자백한 직후 독성 식물인 벨라도나 딸기를 삼키고 자살했다. 많은 동물들은 스노볼이—동물들은 스노볼이 훈장을 받았다고 여태껏 믿고 있었다 — '일급 동물 영웅 훈장'을 받은 적이 없다는 사실을 그제야 알게 되었다. 그것은 단지 '외양간 전투' 후에 스노볼 스스로가 퍼뜨린 헛소문에 불과했고, 훈장을 받기는커녕 전투 중에 보인 비겁한 행동 때문에 견책을 받았다고 했다. 어떤 동물은 이 소식을 듣고 또다시 매우 황당해했지만, 스퀼러가 그 기억은 잘못되었음이 분명하다고 설득하는 데 성공했다.

가을이 오자 피땀 어린 엄청난 노력—그럴 수밖에 없는 것이 가을에는 수확물을 거둬들여야 했다— 끝에 풍차 건설 공사가 드디어 끝이 났다. 이제 기계를 설치해야 했으므로 중개인인 휨퍼가 기계를 구매하기 위해 협상 중이었지만, 구조물 자체는 이미 완성되어 있었다. 많은 어려움이 있었지만—예컨대 경험도 없고, 원시적 도구를 사용해야 했고, 한 번의 실패와 스노볼의 배신행위까지 겹쳤음에도 불구하고—풍차는 예정된 날짜에 맞추어 완성되었다. 동물들은 피로에 지쳐 있었지만, 뿌듯한 마음에 자신들이 건설한 걸작 주변을 빙빙 돌았다. 그들의 눈에 그것은 처음 세웠던 것보다 훨씬 더 아름다워 보였다. 더욱이 벽의 두께가 예전보다 두 배나 두꺼워 폭탄이 아니면 그 어떤 것도 이 벽을 무너뜨릴 수 없을 것 같았다. 그걸 세우느라 얼마나 큰 좌절을 맛보았고, 또 얼마나 고생을 했는가! 풍차 날개가 돌면서 발전기가 가동되면 자신들의 삶에 크나큰 변화가 올 것을 생각하자 지금까지 쌓였던 피로가 말끔히 사라지는 것 같았다. 그들은 승리의 환호성을 내지르며 풍차 주위를 깡충깡충 뛰어 돌아다녔다. 나폴레옹도 개와 수탉을 대동하고 완성된 구조물을 시찰하러 왔다. 그는 동물들의 노고를 위로하고 이 풍차를 '나폴레옹 풍차'라고 명명한다고 선언했다.

이틀 뒤 특별 집회를 위해 동물들이 헛간에 함께 모였다. 이때 나폴레옹이 목재 더미를 프레더릭에게 팔았다고 발표하자 동물들은 너무 놀라 아무 말도 하지 못했다. 내일 프레더릭의 짐마차가 도착해 목재를 실어 나르기 시작할 것이라고 했다. 나폴레옹은 필킹턴과 외관상 우호적인 관계를 유지하는 척하면서 실제로는 프레더릭과 비밀협약을 맺고 있었던 것이다.

그날로 필킹턴의 폭스우드 농장과의 모든 관계는 단절되었다. 그리고 필킹턴에게서 모욕적인 내용을 담은 통지문이 날아왔다. 이제부터 비둘기들은 핀치필드 농장에 출입하는 일을 피하고 '프레더릭에게 죽음을!'이라는 구호 대신 '필킹턴에게 죽음을!'이라는 구호로 바꾸라는 지시를 받았다. 더불어 동물농장에 프레더릭의 공격이 임박했다는 소문은 완전히 날조된 것이고, 프레더릭이 자기 농장 동물들에게 잔혹한 행위를 일삼는다는 소문도 과장된 것이라고 말했다. 이 모든 소문은 스노볼과 그가 파견한 간첩들이 조작해낸 것이 분명했다. 결국 스노볼은 핀치필드 농장에 은신한 적이 없음은 물론이고, 평생 그곳에 간 적도 없었던 것으로 밝혀졌다. 새로 밝혀진 사실에 의하면 스노볼은 필킹턴의 폭스우드 농장에서 상당히 호사스럽게 지내고 있고, 수년 전부터 필킹턴에게서 연금을 받고 있다고 전해졌다.

돼지들은 나폴레옹의 교묘한 지략을 듣고 완전히 황홀경에 빠졌다. 나폴레옹은 필킹턴과 친밀한 것처럼 행동함으로써 프레더릭이 목재 가격을 2만 4000원이나 더 지불하도록 유도한 것이다. 스퀼러는 나폴레옹의 탁월한 정신은 그 누구도, 심지어 프레더릭조차도 믿지 않는다는 사실에 잘 나타나 있다고 말했다. 한 예로 프레더릭은 목재값을 수표라고 하는 뭔가로 지불하기를 원했다. 그 수표란 것은 지급 약속을 적은 종잇조각에 불과할 뿐이었다. 하지만 나폴레옹은 프레더릭의 농간에 말려들 바보가 아니었다. 나폴레옹은 그에게 만 원짜리 현금으로 지불하도록 요구했고, 그것도 목재를 실어가기 전에 미리 지불해야 한다고 말했다. 그래서 프레더릭은 대금을 모두 지불했다. 그가 지불한 돈이면 풍차에 설치할 기계들을 구입하기에 충분했다.

한편 프레더릭이 재빨리 목재를 마차에 실어 밖으로 내갔을 때, 헛간에서 또 한 번의 특별 집회가 열렸다. 나폴레옹은 가슴에 훈장 두 개를 찬 채 몹시 만족스러운 미소를 띠고 높다란 짚단 침대에 누워 있었다. 옆에는 본채 부엌에서 가져온 도자기 접시에 지폐를 보기 좋게 쌓아놓고 있었다. 동물들은 줄을 지어 천천히 지나가며 돈 접시를 실컷 구경했다. 복서는 현금 뭉치에 코를 대고 킁킁거리며 냄새를 맡았는데, 그의 숨결에 얇고 흰 지폐들이 펄럭이며 바스락거리는 소리를 냈다.

그런데 3일 후에 대소동이 벌어졌다. 휨퍼가 시체처럼 창백하게 질린 얼굴로 자전거를 타고 달려왔다. 그는 타고 온 자전거를 마당에 내팽개치고는 곧바로 농장 본채로 뛰어 들어갔다. 곧이어 나폴레옹의 거처에서 분노에 찬 외침이 들려왔다. 소식은 들불처럼 온 농장으로 퍼져 나갔다. 프레더릭이 지급한 돈은 모두 위조지폐였다! 프레더릭은 돈 한 푼 안 내고 목재를 실어간 것이다.

나폴레옹은 즉시 동물들을 불러모았고, 프레더릭에게 사형을 선고한다는 추상같은 명령이 떨어졌다. 생포되면 산 채로 끓는 물에 넣어 삶아 죽이겠다는 것이었다. 동시에 그는 프레더릭의 이 반역적인 행위 이후에 행해질지 모를 최악의 사태를 예상해야 한다고 동물들에게 경고했다. 프레더릭과 그의 일꾼들이 오랫동안 계획해온 공격을 당장이라도 감행할 수 있다는 것이다. 나폴레옹은 농장으로 통하는 모든 길목에 보초를 배치했다. 더불어 비둘기 네 마리를 폭스우드 농장에 파견해 다시 필킹턴과 우호적인 관계를 맺고 싶다는 화해의 메시지를 전달했다.

바로 다음 날 아침, 동물농장은 공격을 받았다. 동물들이 식사를 하고 있는데, 보초병이 달려와 프레더릭과 그의 졸개들이 이미 다섯 개의 가로대가 있는 정문을 통과했다고 전했다. 동물들은 바로 뛰쳐나가 용감하게 반격했지만, 이번에는 예전의 '외양간 전투'에서처럼 쉽게 승리할 수가 없었다. 프레더릭 일당은 모두 열다섯 명이었는데, 그중 여섯 명이 총으로 무장하고 있었다. 그들은 동물들이 4, 50미터가량 접근해 오자 총을 발사했다. 동물들은 사방에서 터지는 무서운 폭발음과 함께 쏟아지는 총알 세례를 감당해낼 수가 없었다. 나폴레옹과 복서가 동물들을 규합하려고 애써 보았지만, 동물들은 얼마 버티지 못하고 침략자들에게 밀려났다. 많은 동물들이 크고 작은 부상을 입었다.

동물들은 농장 건물로 도망쳐 벽에 난 틈새나 옹이구멍으로 조심스레 밖을 내다보았다. 풍차를 포함해 드넓은 목초지가 적의 수중으로 넘어갔다. 그러자 나폴레옹조차 잠시 당황해 어찌할 바를 몰랐다. 그는 아무런 말도 없이 꼬리를 빳빳하게 세운 채 흔들어대며, 이리저리 왔다 갔다 했다. 동물들은 폭스우드 농장 쪽으로 구원을 기다리는 듯한 눈길을 보냈다. 만일 필킹턴과 그의 일꾼들이 도와준다면 이번 전투에서 승리할 가능성도 있었다. 바로 그때 그 전날 전갈을 갖고 파견되었던 비둘기 네 마리가 돌아왔는데, 그중 한 마리가 필킹턴이 보낸 종이쪽지를 갖고 왔다. 종이쪽지에는 연필로 '꼴좋다. 당해도 싸다'라고 쓰여 있었다.

그러는 사이 프레더릭과 그의 일당은 풍차 주변에 멈춰 서 있었다. 그들을 바라보던 동물들 사이에서 불안의 탄식이 여기저기서 터져 나왔다. 프레더릭의 부하 두 사람이 쇠지레와 큰 망치를 꺼냈다. 그들은 풍차를 박살 내려는 것 같았다.

나폴레옹이 큰소리로 외쳤다.

"불가능해! 우리가 벽을 아주 두껍게 쌓아서 절대 부술 수 없어. 인간들은 1주일이 걸려도 저걸 부수지 못할걸. 힘을 냅시다. 동무들!"

하지만 벤저민은 인간들의 움직임을 골똘히 바라보고 있

었다. 큰 망치와 지렛대를 든 두 사람이 풍차의 밑바닥 근처에 구멍을 내는 것이었다. 벤저민은 몹시 흥미롭다는 듯이 천천히 긴 주둥이를 끄덕였다.

벤저민이 말했다.

"그럴 줄 알았어. 여러분은 저들이 무슨 짓을 하려는지 모르겠소? 저들은 저 구멍 속에 곧 폭약을 채워 넣을 거요."

동물들은 두려움에 사로잡힌 채 하릴없이 기다릴 뿐이었다. 이제 위험을 무릅쓰고 은신해 있던 건물에서 밖으로 나간다는 것은 불가능했다. 몇 분이 더 지나자 인간들이 사방으로 뛰어가는 것이 보였다. 잠시 후 귀를 먹먹하게 하는 큰 굉음이 들렸다. 비둘기들은 공중으로 날아올랐고, 나폴레옹을 제외한 다른 동물들은 모두 배를 바닥에 깔고 납작 엎드렸다. 그들이 다시 일어섰을 때 풍차가 서 있던 자리에 거대한 검은 연기구름이 떠 있었다. 잠시 후 산들바람이 불어오더니 연기구름을 걷어냈다. 풍차는 이미 사라지고 없었다.

이 광경을 지켜본 동물들은 분노가 치밀었다. 얼마 전까지 느꼈던 두려움과 절망은 이 사악하고 비열한 인간들의 행위를 보는 순간 온데간데없이 사라졌다. 복수하자는 힘찬 함성이 드높이 울려 퍼졌고, 그들은 누구의 명령을 기다릴 것도 없이 무리 지어 적을 향해 돌진했다. 이번에는 머리 위로 우박처럼 쏟아지는 총탄조차도 아랑곳하지 않았다. 잔혹하고 치열한 전투가 벌어졌다. 인간들은 동물들을 향해 미친 듯 총을 발사했고, 동물들이 가까이 접근하자 몽둥이를 휘두르고 묵직한 구둣발로 사납게 걷어찼다. 암소 한 마리, 양 세 마리, 거위 두 마리가 그 자리에서 사망했고, 대부분의 동물들이 크고 작은 상처를 입었다. 심지어 뒤에서 작전을 지휘하던 나폴레옹마저 꼬리 끝이 총알을 맞아 잘려 나갔다. 하지만 인간들이라고 해서 피해가 없는 것은 아니었다. 복서의 발길질에 프레더릭의 부하 세 사람의 머리통이 깨졌고, 또 한 사람은 암소의 뿔에 받혀 배에 상처를 입었으며, 또 다른 사람은 제시와 블루벨의 공격을 받아 바지가 넝마가 될 정도로 찢어졌다. 나폴레옹의 보디가드인 아홉 마리의 호위견이 그의 지시에 따라 울타리를 차폐물 삼아 한 바퀴 우회한 다음 사람들의 측면에 나타나 난폭하게 짖어대자 그들은 공포에 사로잡혀 어쩔 줄 몰라 했다. 포위될 위험에 놓였음을 알아챈 프레더릭은 자기 졸개들에게 가능한 한 빨리 도망치라고 소리쳤고, 그의 말이 떨어지자마자 겁에 질린 인간들은 소중한 목숨을 건지려고 젖 먹던 힘까지 다해 달아났다. 동물들은 들판 끝까지 인간들을 추격해 가시나무 울타리로 빠져나갈 때까지 발길질을 해댔다.

동물들이 이긴 것이다. 그러나 그들은 전원 피투성이가 되어 죽을 만큼 지쳐 있었다. 모두 다리를 절뚝거리며 천천히 농장으로 돌아왔다. 풀밭에 널브러져 죽은 동료들의 시체를 보고, 감정이 북받친 몇몇 동물들은 눈물을 줄줄 흘리며 통곡했다. 뒤이어 풍차가 서 있던 장소로 간 그들은 망연자실하여 할 말을 잃고 말았다. 풍차는 사라지고 없었다. 그들이 죽을 힘을 다해 쏟았던 노력이 흔적도 없이 사라지고 만 것이다! 토대조차 일부가 파괴되어 있었다. 동물들이 풍차를 다시 세운다고 하더라도 전처럼 무너진 돌들을 다시 사용할 수는 없었다. 돌들이 모두 박살이 나버렸기 때문이다. 폭약의 위력으로 돌들은 수백 미터 밖으로 날아가 버린 것이다. 마치 풍차가 존재한 적이 없었던 것처럼 보였다.

동물들이 농장에 도착하자, 전투가 벌어지는 동안 아무런 이유도 없이 몸을 숨겼던 스퀼러가 깡충거리며 뛰어와서는 꼬리를 흔들며 만족스럽다는 듯이 환한 미소를 지었다. 그 순간 동물들은 농장 건물 쪽에서 들려오는 탕 하는 엄숙한 총소리를 들었다.

복서가 물었다.

"저 총은 왜 쏘는 거요?"

스퀼러가 소리쳤다.

"승리를 축하하기 위해서요."

"무슨 승리 말이오?"

복서가 물었다. 복서의 무릎에서는 피가 흘렀고, 한쪽 편자를 잃어버렸으며, 발굽이 쪼개진 데다 뒷다리에는 총알이 열두 개나 박혀 있었다.

"동무, 무슨 승리라니? 우리가 우리의 땅, 동물농장이라는 신성한 땅에서 적을 쫓아내지 않았소?"

"하지만 인간들이 풍차를 박살냈잖소. 우리가 2년이나 걸려 피땀 흘려 지은 것인데 말입니다."

"그게 무슨 상관이오? 우리는 풍차를 다시 세우면 되오. 마음만 먹으면 우리는 풍차를 여섯 개라도 세울 수 있소. 동무, 동무는 우리가 이룩한 이 위대한 과업을 인정하지 않겠다는 거요? 적은 우리가 서 있는 바로 이 땅을 점령했었소. 우리는 나폴레옹 동지의 영도력 덕분에 이 땅을 다시 찾았단 말이오!"

그러자 복서가 말했다.

"그건 말하자면 우리가 전에 갖고 있던 땅을 되찾은 것뿐이잖소."

그러자 스퀼라가 맞받아쳤다.

"그게 바로 우리가 승리했다는 거요."

동물들은 절뚝거리며 마당으로 들어섰다. 복서는 살갗에 박힌 총탄들 때문에 다리가 쿡쿡 쑤시고 아파 견딜 수가 없었다. 그는 풍차를 기초부터 새로 건설해야 하는 막중한 임무가 자기에게 주어졌다는 것을 알아차렸고, 그 일을 하려면 또

다시 죽을힘을 다해 마차를 끌어야 한다고 생각하자 머리가 어지러웠다. 그는 처음으로 자기가 열한 살이나 나이를 먹었으며, 과거의 단단했던 근육도 이제는 힘을 잃었다는 사실을 깨달았다.

그러나 동물들은 녹색 깃발이 펄럭이는 것을 보고, 예포(이번에는 모두 일곱 발이나 발사되었다)가 발사되는 소리를 듣고, 나폴레옹의 이번 전쟁을 기리는 연설을 듣고 나자 자신들이 정말로 크나큰 승리를 거둔 것처럼 여겨졌다. 전투 중에 사망한 동료들에게는 엄숙한 장례식을 치러주었다. 마차꾼 복서와 클로버는 영구차가 된 마차를 끌었으며, 나폴레옹이 몸소 행렬의 선두에 서서 걸어갔다.

꼬박 이틀에 걸쳐 승리를 축하하는 잔치가 벌어졌다. 노래와 연설을 하는 동안 더 많은 축포가 발사되었다. 특별 선물로 모든 동물들에게 사과 한 알이 분배되었다. 날짐승들에게는 옥수수 50그램이, 개에게는 비스킷 세 개가 주어졌다. 이 전투에는 '풍차 전투'라는 공식 명칭이 붙었으며, 나폴레옹이 '녹색 깃발 훈장'을 만들어 자신에게 수여했다는 소식이 발표되었다. 온 농장이 승리의 기쁨에 취해 불행한 위조지폐 사건은 깨끗이 잊혔다.

그로부터 며칠 뒤에 돼지들은 농장 본채의 지하실에서 위스키 한 상자를 우연히 발견했다. 돼지들이 그 저택에 처음

들어왔을 때는 없었던 물건이었다. 그날 밤 농장 본채에서는 커다란 노랫소리가 새어 나왔는데, 그 노래에는 놀랍게도 〈영국의 동물들〉의 가락이 섞여 있었다. 아홉 시 반경에 나폴레옹이 존스 씨의 낡은 중산모를 쓰고 뒷문으로 나와 마당을 재빠르게 가로질러 가더니 문 안으로 다시 사라지는 모습이 목격되었다.

다음날 아침, 농장 본채 안에는 깊은 침묵이 감돌았다. 돼지들은 꼼짝도 하지 않았다. 마침내 아홉 시가 되었을 무렵, 스퀄러가 모습을 드러냈다. 그는 께느른하게 걸었는데, 발걸음은 힘이 없었고, 눈동자는 풀려 있었으며, 꼬리가 꽁무니 뒤에 축 늘어진 것이 꼭 무슨 심각한 병에 걸린 것 같은 꼬락서니였다. 그는 동물들을 불러모으더니 끔찍한 소식을 전해야겠다고 말했다. 나폴레옹 동지가 죽어가고 있다는 것이었다!

동물들이 탄식에 찬 비명을 질러댔다. 농장 본채의 출입문 밖에 짚을 깔아놓고 동물들은 발끝걸음으로 걸어 다녔다. 그들은 눈물을 글썽이며, 만일 우리의 영도자가 우리 곁을 떠나면 앞으로 어떻게 살아야 할지 모르겠다며 하소연을 했다. 스노볼이 나폴레옹의 음식에 독약을 집어넣었다는 소문이 파다했다. 열한 시가 되자 스퀄러가 다시 나타나 동물들을 불러모은 뒤 새로운 발표를 했다. 나폴레옹 동지가 이 세상에서 취하는 마지막 조치로서 엄한 포고령을 내렸다고 했다. 그것은 앞으로 술을 마시는 자는 사형에 처한다는 내용이었다.

그러나 저녁이 되자 나폴레옹은 다소 호전된 듯 보였고, 다음 날 아침 스퀼러는 동물들에게 나폴레옹 동지가 빠르게 건강을 회복하는 중이라고 전했다. 그날 저녁, 나폴레옹은 다시 집무를 시작했고, 그다음 날 그가 휨퍼에게 윌링던에 가서 술을 담그는 양조법과 알코올 증류법에 관한 책을 구입해달라고 부탁했다는 사실이 알려졌다. 1주일 후 나폴레옹은 과수원 너머에 있는 작은 목장을 일구라는 명령을 내렸다. 그 목장은 당초 일할 나이를 넘긴 동물들의 은퇴용 목장으로 남겨둔 곳이었는데, 그 목초지가 황폐해졌으니 다시 풀씨를 뿌려야 한다는 것이었다. 하지만 얼마 지나지 않아 나폴레옹이 그곳에 보리를 심으려 한다는 계획이 드러났다.

이때쯤 그 누구도 이해할 수 없는 이상한 사건이 발생했다. 어느 날 밤, 정각 열두 시 경 마당에서 쿵 하는 요란한 소리가 나서 동물들이 잠자리에서 뛰쳐나왔다. 그날은 달빛이 환하게 내리비치고 있었다. 7계명이 쓰여 있는 커다란 헛간의 벽 끝쪽 바닥에는 사다리가 두 동강이 나 있었다. 거기에는 기절한 스퀼러가 꿈틀거리고 있었고, 바로 옆에는 등불과 페인트 붓과 흰색 페인트 통이 뒤엉켜 뒹굴고 있었다. 개들이 재빨리 스퀼러 주변을 빙 둘러쌌고, 그가 몸을 가눌 수 있게 되자 즉시 그를 호위해 농장 본채로 들어갔다. 늙은 벤저민을 제외하고는 그 누구도 무슨 일이 일어났는지 짐작할 수가 없었다. 그러나 벤저민은 다 안다는 듯한 태도로 주둥이를 끄덕였지만, 아무 말도 하려 들지 않았다.

그리고 며칠 후 염소 뮤리엘이 혼자서 7계명을 읽다가 동물들이 잘못 알고 있는 계명이 하나 더 있다는 사실을 알아차렸다. 동물들은 다섯 번째 계명이 '어떤 동물도 술을 마시면 안 된다'라고 기억했다. 그런데 그들이 기억하지 못하는 단어가 두 개 더 있었다. 그 계명은 '어떤 동물도 술을 너무 많이 마시면 안 된다'라고 쓰여 있었다.

9장

복서의 갈라진 발굽이 낫는 데는 시간이 꽤 걸렸다. 동물들은 승전 기념식이 지난 다음부터 풍차 재건 작업을 시작했다. 복서는 단 하루도 쉬지 않으려 했다. 자기가 아프다는 사실을 남들이 눈치채는 것은 체면이 서지 않는 일이라며 숨겼다. 그러나 저녁이 되자 동료 클로버에게 발굽이 너무 아프다고 가만히 털어놓았다. 클로버는 약초를 입으로 씹어서 만든 찜질약을 복서의 발굽에 붙여서 치료해주었다. 클로버와 벤저민은 복서에게 무리하게 일하지 말라고 권했다. 하지만 복서는 그 말을 귀담아들으려 하지 않았다. 자기에게는 단 한 가지 포기할 수 없는 야망이 남아 있다고 했다. 그것은 은퇴할 나이가 되기 전에 풍차를 완성하여 그것이 제대로 돌아가는 것을 보는 것이라고 말했다.

동물농장의 법을 처음 만들 때, 은퇴할 나이를 말과 돼지는 열두 살, 암소는 열네 살, 개는 아홉 살, 양은 일곱 살, 암탉과 거위는 다섯 살로 정해놓았다. 노령 연금도 후하게 책정되어 있었다. 아직 은퇴하여 연금 생활을 하는 동물은 없었지만 최근 이 문제는 동물들 사이에서 자주 논의되었다. 이제 과수원 너머의 작은 밭이 보리밭으로 할당되었으므로, 넓은 목초지의 한구석에 울타리를 치고 그곳을 은퇴한 동물들의 목초지로 개발할 것이라는 소문이 나돌았다. 은퇴한 말에게는 하루에 옥수수 2.5킬로그램을 배급하고, 휴일에는 당근 한 개나 잘하면 사과 한 알을 곁들여 배급한다는 말도 나돌았다. 복서의 열두 번째 생일은 그다음 해 늦여름쯤이었다.

농장 생활은 참으로 고단했다. 겨울은 지난해와 마찬가지로 혹독하게 추웠고, 식량은 더더욱 부족했다. 또다시 돼지와 개를 제외한 모든 동물의 배급량이 줄어들었다. 배급에 있어서 지나치게 엄격하게 평등을 적용하는 것은 동물주의 원칙에 어긋난다고 스퀼러가 설명했다. 그는 어쨌든 농장의 식량 사정이 겉보기와는 달리 그리 나쁘지 않다는 것을 어렵지 않게 증명했다. 당분간 배급량을 재조정할 필요가 확실히 있었다. (스퀼러는 늘 '축소'라는 용어 대신 '재조정'이라는 용어를 사용했다)

하지만 존스 시절과 비교해보면 개선된 점이 한둘이 아니었다. 스퀼러는 날카로운 목소리로 재빠르게 숫자를 읽어가면서 동물들에게 다음 사실들을 증명해 보여주었다. 존스 시절보다 지금이 귀리와 건초, 순무를 훨씬 더 많이 확보하고 있고, 일하는 시간은 더 짧아졌고, 마시는 물의 질은 더 좋아졌으며, 동물들의 수명은 더 늘어났고, 새끼들의 사망률이 낮아져 더 많은 새끼가 유아기를 무사히 지나 성장한다고 했다. 또한 외양간에는 더 많은 짚이 깔렸고, 벼룩 때문에 고생하는 일도 줄었다고 발표했다. 동물들은 그가 하는 말을 액면 그대로 받아들였다. 사실을 말하자면 존스라는 이름과 그 이름이 의미하는 것들은 대부분 동물들의 뇌리에서 거의 사라지고 없었다. 그들은 지금의 삶이 고단하고 힘들다는 것, 추위와 굶주림에 시달린다는 것, 잠을 자지 않는 시간에는 대부분 일만 하고 지낸다는 것을 알고 있었다. 하지만 예전에는 모든 상황이 더 나빴었다고 생각했다. 동물들은 그렇게 생각하는 것이 행복했다. 게다가 스퀼러가 언제나 지적하듯, 예전에는 모두가 노예였으나 이제는 누구나 자유를 누리고 있지 않은가. 스퀼러는 이 사실을 빼놓지 않고 언급했다.

이제는 먹여 살려야 할 입이 많이 늘어나 있었다. 가을에는 암퇘지 네 마리가 모두 거의 동시에 새끼를 낳아 도합 서른한 마리가 태어났다. 새끼돼지들은 모두 혼합종이었다. 나폴레옹은 농장의 유일한 수퇘지였으므로 아비가 누구인지를 짐작하는 것은 그리 어렵지 않았다. 앞으로 벽돌과 목재를 사들여 본채 정원에 돼지 교실을 짓는다는 방침이 발표되었다. 당분간 나폴레옹이 직접 농장 본채의 부엌에서 새끼돼지들의 교육을 담당하기로 했다. 새끼돼지들은 정원에서 체육 교육을 받았고, 다른 동물들의 새끼와 어울려 놀지 못하도록 했다. 이즈음에 또 하나의 규칙이 마련되었는데, 그 규칙이란 돼지와 다른 동물들이 길거리에서 마주치면 다른 동물들은 돼지를 위해 반드시 옆으로 비켜서야 한다는 것이었다. 모든 돼지는 계급이 어떠하든 간에 일요일에는 꼬리에 녹색 리본을 착용하는 특권을 갖는다는 것이 법으로 정해졌다.

농장은 꽤 성공적인 한 해를 보냈지만, 여전히 돈에 쪼들렸다. 새끼돼지들의 교육을 위한 교실을 지을 벽돌과 모래와 석회를 구입해야 했고, 풍차를 돌리기 위한 기계를 구입할 돈도 모아두어야 했다. 그뿐만 아니라 농장 본채에서 사용할 등잔 기름이며 양초, 나폴레옹의 식탁에 필요한 설탕(그는 설탕을 먹으면 뚱뚱해진다는 이유로 다른 동물들에게는 설탕 섭취를 금했다)을 비롯한 각종 연장과 못, 끈, 석탄, 철사, 고철, 개가 먹을 비스킷 등 일상용품이 필요했다. 건초 한 더미와 수확한 감자 일부가 팔려 나갔고, 달걀 판매 계약은 1주일에 600개 단위로 늘어났다. 그래서 그해 암탉들은 농장의 암

닭 수를 가까스로 평년 수준으로 유지할 수 있을 만큼의 병아리를 부화시킬 수 있었다. 12월에 줄어든 배급량은 2월이 되자 또다시 줄어들었고, 기름을 절약해야 한다는 이유로 외양간의 불을 밝히는 것이 금지되었다. 하지만 돼지들은 매우 쾌적하고 평안하게 지내는 것처럼 보였고, 실제로도 체중이 불었다.

2월 하순의 어느 날 오후, 존스 시절에는 사용하지 않던 부엌 맞은편의 작은 양조장에서 예전에는 맡아보지 못한 구수하고 달콤한 냄새가 코를 찔렀는데, 식욕을 돋우는 그 냄새는 마당을 타고 온 농장으로 퍼졌다. 농가 부엌 너머에 있는 이 양조장은 존스 시대에는 사용된 적이 없었다. 누군가가 그것은 보리를 찌는 냄새라고 말했다. 허기진 동물들은 그 냄새를 맡으면서 코를 벌름거렸다. 어쩌면 자기들의 저녁 식사로 따뜻한 여물이 준비되고 있는지도 모른다고 생각했다. 하지만 그들의 바람과는 달리 따스한 여물은 제공되지 않았다. 그 다음 일요일에는 이제부터 모든 보리를 돼지들만을 위한 먹이로 비축해둔다는 발표가 있었다. 사실 과수원 너머의 들판에는 이미 보리 씨앗이 뿌려져 있었다. 거기에 더해 돼지들은 매일 맥주를 한 병씩 배급받고 있었으며, 나폴레옹은 반 통을 배급받아 항상 크라운 더비 수프 그릇에 따라 마신다는 소식이 전해졌다.

하지만 아무리 고달프다 해도 동물들은 오늘날의 생활이 예전의 생활보다는 훨씬 품위가 있다는 사실을 되새기며 위안으로 삼았다. 농장에는 예전보다 노래며 연설, 행진이 훨씬 더 자주 있었다. 나폴레옹은 '자발적 행진'이라는 일종의 집회를 매주 한 번씩 개최하라고 명령했다. 이 자발적 행진의 목적은 동물농장의 투쟁과 승리를 찬양하는 것이었다. 지정된 시간에 동물들은 작업장을 떠나 군대식 대형을 지어 농장 구내를 행진했다. 돼지가 앞장서서 대형을 이끌고, 그 뒤를 말, 암소, 양 등이, 다시 그 뒤를 닭, 오리 같은 가금류가 행진했다. 대형의 좌우 측면에는 개들이 걸었고, 맨 선두에는 나폴레옹의 나팔수인 까만 수탉이 섰다. 복서와 클로버는 녹색 깃발을 나란히 들고 행진했는데, 발굽과 뿔이 그려진 깃발에는 '나폴레옹 동지여, 만수무강하소서!'라는 글귀가 적혀 있었다.

그다음에는 나폴레옹의 명예를 기리는 시들이 낭송되었고, 이어 스퀼러가 최근에 식량 생산이 증가했다는 내용을 숫자로 증명하는 연설이 이어졌는데, 그 중간에 총으로 축포를 쏘아 분위기를 북돋우었다. 자발적 행진에 가장 열정적인 동물은 양들이었다. 혹시 누군가가 이런 행사는 시간 낭비일 뿐이라고 한다거나 추운 날씨에 밖에 너무 오래 서 있게 한다는 불평이라도 하면, (실제로 개나 돼지가 가까이에 없을 때

몇몇 동물들은 불평을 하기도 했다) 양들이 매 하며 '네 발은 좋고 두 발은 나쁘다'고 엄청나게 큰 소리로 노래해서 그런 불평분자들의 입을 막아버렸다. 하지만 동물들은 대체로 축하 행사를 즐겼다. 동물들은 자기들이 농장의 진정한 주인이며, 자기들이 일을 하는 것은 자신을 위해서라는 사실을 상기하는 것은 어쨌든 위안이 되었다. 그리하여 노래하고 행진하며 스퀼러의 통계 수치와 우레와 같은 총포 소리, 수탉의 울음소리를 듣고 깃발이 펄럭이는 것을 보는 동안은 자기들의 배 속이 텅 비어 있다는 사실을 잊을 수 있었다.

4월이 되자 동물농장은 〈공화국〉임을 선포했고, 대통령을 선출할 필요가 있었다. 대통령 후보는 나폴레옹 혼자였고, 그는 만장일치로 대통령에 선출되었다.

바로 그날, 스노볼이 존스와 공모했다는 사실을 더욱 상세히 밝혀주는 새 문서를 발견했다는 사실이 발표되었다. 소식통에 의하면 동물들이 예전부터 알고 있었던 것처럼 스노볼은 외양간 전투에서 패배하려고 전략적인 계획을 세웠을 뿐아니라, 실제로 존스 편에 서서 뻔뻔하게 싸웠던 사실이 밝혀졌다. 알고 보니 인간 군대의 지도자가 되어 '인간이여, 영원하라!'라고 외치며 돌진했던 자가 바로 그였다는 것이다. 몇몇 동물들이 아직도 기억하고 있는 스노볼의 등에 난 상처는 나폴레옹의 이빨에 물어뜯겨 생긴 상처였다고 했다.

한여름이 되자 지난 몇 년 동안 모습을 보이지 않았던 갈까마귀 모지스가 돌연 농장에 모습을 드러냈다. 그는 예전과 전혀 달라진 데가 없었다. 여전히 일에는 손도 대지 않았으며, 변함없는 가락으로 '얼음 사탕 산'이라는 하늘나라 이야기를 했다. 모지스는 나무 그루터기에 앉아 검은 날개를 퍼덕이며, 누군가가 자기 말을 들어주기라도 하면 그를 붙잡고 몇 시간이고 지껄여 댔다.

그는 커다란 부리로 하늘을 가리키며 엄숙하게 말했다.

"동무들, 저 위에, 저 검은 구름 반대편에 말이에요, 우리 불쌍한 동물들이 영원히 노동으로부터 해방되어 살 수 있는 '얼음 사탕 산'이 있다오!"

한번은 자신이 하늘로 높이 올라갔을 때 실제로 그 나라를 방문한 적이 있고, 그곳의 들판에서는 토끼풀이 사시사철 무성하게 자라고, 울타리에는 맛있는 케이크와 각설탕이 열린 것을 자기 눈으로 봤다고 주장했다. 많은 동물들이 모지스의 말을 믿었다. 동물들이 생각하기에 지금은 자신들이 굶주리고 고되게 일을 하고 있지만, 어딘가 보다 나은 세상이 존재한다는 것은 당연하고 옳은 말처럼 여겨졌다. 동물들이 이해하기 어려운 것은 돼지들이 모지스를 대하는 태도였다. 돼지들은 '얼음 사탕 산' 이야기를 하는 모지스를 두고 말도 안 되는 소리를 한다고 경멸적으로 말했지만, 그가 농장에서 아무

일도 하지 않으면서 머무는 것을 허용했고, 매일 맥주 한 컵을 마시게 해주었다.

발굽이 완전히 나은 복서는 전에 없이 열심히 일했다. 사실 그해에는 모든 동물이 노예처럼 일했다. 농장에서 해야 하는 일상적인 일과 풍차를 다시 세우는 일 외에도, 3월에 시작된 새끼돼지들을 위한 학교를 건설하는 일도 해야 했다. 배불리 먹지 못한 상태에서 오랜 시간 노동을 하며 버티는 것이 견디기 힘겨웠지만 복서는 절대 비틀거리는 법이 없었다. 말할 때나 일을 할 때의 복서를 보면 힘이 예전만 못하다는 징후는 어디에서도 찾을 수 없었다. 예전에 비해 조금 변한 것이 있다면 외모뿐이었다. 털가죽은 예전보다 윤기가 없었고, 커다란 궁둥이는 살이 조금 빠진 것 같았다. 다른 동물들은 "봄에 풀이 돋아나면 복서가 나아지겠지."라고 말했지만, 봄에 풀이 돋았는데도 복서의 몸에는 살이 오르지 않았다. 가끔 채석장 꼭대기로 이어지는 비탈길에서 커다란 돌덩어리의 무게를 견디느라고 근육을 긴장시킬 때면, 오로지 일을 계속해야 한다는 의지 하나로 버티고 있는 것처럼 보였다. 그럴 때면 그의 입술은 "내가 좀 더 열심히 일하겠어."라고 말했지만, 그 말이 소리가 되어 나오지는 않았다. 클로버와 벤저민이 그에게 건강을 챙기라고 다시 한번 경고했지만, 복서는 그 말에 주의를 기울이지 않았다. 그의 열두 번째 생일이 다가오고 있었다. 그는 연금 생활에 들어가기 전에 돌무더기가 가득 쌓이기만 한다면 무슨 일이 일어나든 신경 쓰지 않겠다는 태도였다.

어느 여름날 늦은 저녁에 복서에게 무슨 일이 일어났다는 소문이 온 농장에 퍼졌다. 그가 돌을 한 짐 끌고 풍차 공사장이 있는 곳으로 간다고 했는데, 아닌 게 아니라 그 소문은 사실이었다. 잠시 후 비둘기 두 마리가 '복서가 쓰러졌다! 그가 옆으로 쓰러져서 일어나지 못한다!'는 소식을 가지고 급히 날아왔다.

농장의 동물들 거의 절반이 풍차 공사장이 있는 둔덕으로 달려갔다. 거기에 복서가 쓰러져 있었다. 그는 마차의 두 굴대 사이에 쓰러져 있었는데, 목이 축 늘어져 있었다. 가까이 가서 보니 두 눈동자는 흐릿했고, 옆구리는 땀으로 뒤범벅이 되어 있었다. 게다가 입에서는 가느다란 핏줄기가 흘러나오고 있었다. 클로버가 그의 옆에 무릎을 꿇고 외쳤다.

"복서! 어찌 된 거야? 괜찮아?"

복서가 죽어가는 목소리로 말했다.

"폐를 다친 것 같아. 난 괜찮아. 내가 없으면 풍차 일은 네가 끝내쳤으면 좋겠어. 돌은 많이 모아놓았어. 어차피 나는 한 달밖에 안 남았어. 솔직히 이제 은퇴할 날만 고대하고 있었어. 벤저민 또한 늙었으니 어쩌면 나와 함께 은퇴해서 말동무가 될 수도 있겠지."

클로버가 말했다.

"우선 치료부터 해야 해. 누구 빨리 스퀼러한테 뛰어가서 사고가 났다고 알려줘."

클로버와 벤저민만 남겨두고 몇몇 동물들이 스퀼러에게 동료의 사고 소식을 전하기 위해 농장 본채로 달려갔다. 벤저민은 복서 옆에 앉아 아무 말 없이 긴 꼬리로 파리를 쫓아주고 있었다. 약 15분쯤 지났을까, 스퀼러가 근심 어린 표정을 지으며 나타났다. 그는 나폴레옹 동지가 농장에서 가장 충성스러운 동지인 복서에게 일어난 불행한 사고를 보고받았다고 전했다. 나폴레옹은 깊은 슬픔에 빠져 복서가 윌링던에 있는 병원에서 치료받을 수 있도록 모든 절차를 밟고 있다고 말했다. 그러자 동물들은 그의 말을 듣고 어쩐지 불안했다. 몰리와 스노볼을 제외하고는 어떤 동물도 농장을 떠난 적이 없었고, 병든 동료를 인간의 손에 맡긴다는 것은 생각조차 하기 싫었기 때문이다. 하지만 스퀼러는 윌링던에 있는 수의사가 농장에서보다 더 효율적으로 복서를 치료할 수 있다고 알아듣게 동물들을 납득시켰다. 그리고 30분쯤 뒤 복서는 조금 기운을 차리고 간신히 자리에서 일어나 절뚝거리며 자기 외양간으로 돌아갔다. 클로버와 벤저민이 짚으로 편안한 잠자리를 만들어 그가 누울 수 있도록 해주었다.

그 후 이틀 동안 복서는 자기 외양간에 머물렀다. 돼지들은 본채 화장실 약장에서 찾아낸 커다란 분홍색 약병을 보내왔고, 클로버가 그것을 복서에게 하루에 두 번씩 식후에 먹여주었다. 클로버는 저녁마다 복서의 외양간에 들러 그의 말동무가 되어주었고, 벤저민은 복서의 몸에 달려드는 파리를 쫓아주었다. 복서는 자기에게 일어난 불상사에 대하여 그다지 마음이 쓰이지 않는다고 말했다. 회복되면 3년은 더 살 수 있을 것이고, 너른 목초지의 한구석에서 평화롭게 지낼 수 있을 것으로 고대한다고 했다. 복서는 난생처음 무언가를 연구하고 정신 수양을 할 정도의 여유를 갖게 된 것이다. 그는 남은 생을 외우지 못한 나머지 알파벳의 철자를 배우며 지내겠다고 말했다.

하지만 벤저민과 클로버는 일이 끝난 뒤에나 복서와 함께 있을 수 있었다. 그날 한낮에 복서를 데려갈 마차가 도착했다. 동물들이 모두 돼지의 감독하에 순무밭에서 잡초를 뽑고 있을 때였다. 벤저민이 농장 건물 쪽에서 있는 힘을 다해 소리를 고래고래 지르며 달음박질치는 것을 보고 모두 깜짝 놀랐다. 그들은 벤저민이 그렇게 흥분하여 날뛰는 모습을 처음 보았다.

벤저민이 외쳤다.

"빨리 와. 빨리! 빨리 와! 인간들이 복서를 데려간단 말이야!"

동물들은 돼지의 명령을 기다리지도 않고, 작업을 중단한 채 축사를 향해 달려갔다. 정말로 마당에는 말 두 마리가 끄는 커다란 유개 마차가 서 있었는데, 마차 옆에는 무언가가 쓰여 있었다. 그리고 마부석에는 낮은 중산모를 쓴 교활해 보이는 인간이 앉아 있었다. 눈을 돌려 복서의 외양간을 보니 텅 비어 있었다.

동물들은 마차 주변으로 몰려들었다. 그리고 한목소리로 외쳤다.

"잘 가게, 복서! 잘 가게나!"

벤저민이 그들 주위에서 펄쩍펄쩍 뛰기도 하고 작은 발굽으로 땅을 쾅쾅 치기도 하며 소리쳤다.

"이런 멍청이들! 멍청이들아! 멍청이들아! 너희들은 마차 옆에 씌어 있는 글자도 읽지 못하니?"

그 말에 동물들이 갑자기 입을 닫아버리면서 주변이 잠잠해졌다. 뮤리엘이 그 단어들을 더듬거리며 읽으려 하자 벤저민이 뮤리엘을 옆으로 밀쳐내며 쥐 죽은 듯한 침묵 속에서 글자를 읽어 나갔다.

"'앨프리드 시먼즈, 폐마 도살업자 겸 아교 제조업, 윌링던 소재. 가죽 및 골분도 취급. 개집도 공급함.' 너희들은 저게 무슨 뜻인지 모르겠니? 복서를 폐마 도살업자에게 데려간다는 말이야!"

순간 모든 동물의 입에서 공포의 외침이 터져 나왔다. 바로 이때 마부석에 앉아 있던 인간이 말들에게 채찍을 휘둘렀고, 마차는 마당에서 빠른 속도로 빠져나갔다. 동물들이 뒤따라가며 소리 높여 외쳤다. 클로버가 다른 동물들을 헤치며 앞으로 나왔다. 그러나 마차는 이미 속력을 내기 시작했다. 클로버의 뚱뚱한 네 다리는 굼떠서 온 힘을 다해 뛰어보았지만, 마차를 따라잡을 수가 없었다. 그녀가 외쳤다.

"복서! 복서! 복서! 복서!"

바로 그 순간 마차 밖에서 일어나는 요란한 소리를 듣기라도 한 듯, 코까지 하얀 줄무늬가 있는 복서의 얼굴이 마차 뒤쪽의 작은 창문에 나타났다.

클로버는 절망적으로 외쳤다.

"복서! 복서! 나와! 빨리 나오란 말이야! 당신을 죽이려 하고 있어!"

모든 동물들이 "나와요, 복서! 나와요!"라고 따라서 외쳤다. 하지만 마차가 더욱 속력을 내어 달리는 바람에 동물들에게서 점점 멀어지고 있었다. 클로버가 한 말을 복서가 이해했는지는 알 수 없었다. 하지만 잠시 후 복서의 얼굴이 창문에서 사라졌고, 마차 안에서 발굽을 세차게 탕탕 차다가 발을 구르는 소리가 시끄럽게 들렸다. 복서가 마차를 걷어차고 나오려 했다. 옛날 같았으면 그의 발길질 서너 번이면 마차는 박살났을 것이다. 그러나 애석하게도 그에게는 이제 그럴 힘이 남아 있지 않았다. 잠시 후 쿵쾅거리던 발굽 소리가 점점 약해지더니 결국 아무 소리도 들리지 않았다. 절망에 빠진 동물들은 마차를 끄는 두 마리 말에게 멈추라고 애원하기 시작했다.

동물들이 소리쳤다.

"동무들, 동무들! 형제를 죽음으로 데려가지 마시오!"

하지만 멍청한 말들은 무슨 소리를 하는지 영문을 몰랐고, 귀를 쫑긋 세우고는 속도를 더욱 높일 뿐이었다. 복서의 얼굴이 더는 창문에 나타나지 않았다. 누군가가 앞으로 달려가 다섯 개의 가로대를 닫아걸 생각을 했을 때는 이미 때는 늦어 있었다. 마차는 정문을 빠져나가 큰길 아래로 빠르게 사라져 갔다. 다시는 복서를 볼 수 없었다.

사흘 후 복서는 윌링던의 병원에서 말이 받을 수 있는 최고의 치료를 받았지만 결국 숨을 거두고 말았다고 발표했다. 스퀼러가 동물들에게 그 소식을 전하러 와서 복서가 임종할 때 마지막 몇 시간을 함께 보냈다고 말했다. 스퀼러는 앞발을 들어올려 눈물을 닦으며 말했다.

"내가 일찍이 본 것 중에 이처럼 감동적인 임종 장면은 없었소! 나는 마지막까지 그의 침대를 지켰소. 나중에는 너무 힘이 없어서 거의 말을 할 수 없을 지경이었지만, 그는 내 귀에 대고 자신의 유일한 슬픔은 풍차가 완성되기 전에 죽는 것이라고 속삭였소. 또 그는 '전진합시다, 동무들! 반란의 이름으로 전진합시다. 동물농장이여, 영원하라! 나폴레옹 동지여, 만수무강하소서! 나폴레옹은 항상 옳다!'라고 했소. 그것이 그의 마지막 유언이었소, 동무들."

말을 마친 스퀼러의 표정이 갑자기 변했다. 그는 잠시 말없이 작은 눈을 사방으로 굴리며 동료 동물들을 의심의 눈초리로 쏘아보더니 말을 이었다.

스퀼러는 복서가 병원으로 실려갈 때 얼토당토않은 소문이 나돌았다는 사실을 알고 있었노라고 말했다. 몇몇 동물들이 복서를 데려간 마차에 '폐마 도살업자'라고 쓰여 있는 것을 보고 복서를 폐마 도살업자에게 데려간다고 성급하게 결론을 내렸다는 것이다. 그렇게 어리석은 동물이 있다니, 믿을 수가 없다고 했다. 분노한 그는 꼬리를 흔들며 이쪽저쪽으로 팔짝팔짝 뛰면서 외쳤다. 아니, 동무들도 그렇지, 친애하는 나폴레옹 동지를 그 정도로밖에 보지 않았느냐고 물었다. 그런데 그의 설명은 뜻밖에 간단했다. 그날 농장에 왔던 마차는 원래 폐마 도축업자의 소유였다가 후에 윌링던의 수의사에게 팔아넘긴 것이었다고 했다. 그 수의사는 마차의 천막에 쓰여 있던 옛 소유주가 쓴 글자를 아직 지우지 못했다는 것이었다. 그것이 이런 오해를 불러일으킨 원인이라고 말했다.

동물들은 그의 말을 듣고 크게 안도했다. 그리고 스퀼러는 복서의 임종 장면과 그가 받은 극진한 간호, 값비싼 약을 가격도 따지지 않고 쓰도록 배려해준 나폴레옹 동지께 감사해야 한다고 말했다. 그러자 놀랍게도 동물들의 의심은 순식간에 사라졌고, 적어도 복서가 평화롭게 죽었다는 생각을 하자 동지의 죽음에 대해 느껴지는 슬픔을 조금은 덜 수 있었다.

나폴레옹은 그다음 일요일 아침에 열린 집회에 직접 참석해 복서의 생애를 찬양하는 짧은 연설을 했다. 애통하게도 세상을 떠난 동지의 유해를 농장에 매장하기 위해 가져오는 것은 불가능했지만, 농장 본채의 정원에 있는 월계수로 커다란 화환을 만들어 동지의 무덤에 두라고 지시했다. 그리고 2, 3일이 지난 뒤 돼지들은 복서를 기리는 추모회를 열기로 계획했다. 나폴레옹은 복서가 좋아했던 '내가 좀 더 열심히 일하겠어'라는 말과 '나폴레옹 동지는 항상 옳다'는 신조를 상기시키며 연설을 마쳤다. 뒤이어 모든 동물이 그가 남긴 경구를 좌우명으로 삼는 것이 좋을 것 같다고 했다.

추모회가 예정된 날, 윌링던에서 식료품 장사의 마차가 와서 농장 본채에 커다란 나무 상자를 배달했다. 그날 밤 농장 본채에서는 소란스러운 노랫소리가 들리더니 갑자기 격렬한 말다툼이 벌어졌다.

11시쯤 유리가 와장창 깨지는 소리가 난 뒤 다시 잠잠해졌다. 그다음 날, 정오가 될 때까지 농장 본채에서는 누구 하나 보이지 않았다. 얼마 후 돼지들이 어디에서인지는 모르지만 돈을 구해 위스키를 한 상자 더 샀다는 소문이 나돌았다.

10장

여러 해가 흘렀다. 계절이 여러 번 바뀌는 동안 수명이 짧은 몇몇 동물들은 세상을 떠났다. 이제 암말 클로버, 당나귀 벤저민, 갈까마귀 모지스, 그리고 상당수의 돼지들 이외에는 반란 전의 옛 시절을 기억하는 동물이 없어졌다.

염소 뮤리엘이 죽었고, 블루벨, 제시, 핀처 같은 개들도 죽었다. 존스 또한 죽었다. 그는 영국 어딘가에 있는 알코올중독자 수용소에서 죽었다고 했다. 스노볼은 잊혔다. 복서도, 그를 알고 지냈던 몇몇을 제외하고는 기억하는 동물조차 없었다. 클로버는 이제 늙고 뚱뚱한 암말이 되어 관절이 뻣뻣해졌고, 눈에서는 분비물이 찔끔찔끔 흘러내리고 있었다. 그녀는 은퇴 나이를 2년이나 넘겼다. 사실상 동물농장에서 은퇴한 동물은 한 마리도 없었다. 은퇴한 동물들을 위해 목초지 한구석을 따로 떼어놓겠다는 이야기가 쏙 들어간 지 오래였다. 나폴레옹은 이제 150킬로그램이 넘는 성숙한 수퇘지가 되어 있었다. 스퀼러는 너무 살이 쪄서 눈을 똑바로 뜨고 앞을 보기도 어려울 지경이었다. 벤저민 영감만 전과 거의 다름없는데, 주둥이 털이 약간 회색으로 변한 그는 복서가 죽은 이후 더욱 시무룩해지고 말수도 줄었다.

농장의 동물 숫자가 예상만큼 많이 증가하지는 않았지만, 새 식구가 제법 불어나 있었다. 이제 동물들도 세대교체가 이루어졌는데, 어린 동물들에게 '반란'이란 단지 입에서 입으로 전해지는 흐릿한 전통에 불과했다. 다른 농장에서 팔려 이곳으로 온 동물들은 이 농장에 도착하기 전까지 '반란'이라는 용어를 들은 적이 없었다. 이 농장에는 클로버 말고도 세 마리의 말이 더 있었다. 그 말들은 잘생기고 늘씬할 뿐만 아니라, 알아서 일하는 좋은 일꾼이긴 했지만 몹시 멍청했다. 그들 중 누구도 A, B 이상의 철자를 익힐 수 없는 것으로 판명났다. 그들은 다른 동물들이 '반란'과 '동물주의 본질'에 대해 이야기해주자 무엇이나 그대로 받아들였다. 특히 자신들이 부모처럼 섬기는 클로버가 하는 말이라면 무조건 믿었다. 그러나 그들이 클로버의 말을 얼마나 이해했는지는 의심스러웠다.

동물농장은 예전보다 더욱 번창했다. 더 훌륭한 조직을 갖추었으며, 필킹턴 씨에게서 밭 두 뙈기를 사들여 농장의 규모도 훨씬 커졌다. 풍차가 드디어 성공적으로 완공되었고, 탈곡기와 건초 운반기도 보유하게 되었으며, 새로운 건물이 여러 동 세워졌다. 중개인인 휨퍼 씨는 이제 이륜마차를 사서 타고 다녔다.

풍차는 아직 전기를 생산해내지 못하고 옥수수를 빻는 방아용으로만 사용했는데, 거기서 생기는 현금 소득은 제법 짭짤했다. 동물들은 풍차를 하나 더 건설하느라 열심히 일했다. 그 풍차가 완공되면 발전소가 설치된다고 했다. 하지만 오래전에 스노볼이 동물들에게 불어넣었던 멋진 미래, 즉 전기가 들어오는 축사, 온수와 냉수 시설을 갖춘 외양간, 주 3일 노동 등에 대해 언급하는 동물은 아무도 없었다. 나폴레옹은 그러한 생각은 동물주의 정신에 위배된다고 공공연히 비난했다. 그는 진정한 행복은 열심히 일하고 근검절약하며 사는 데 있다고 힘주어 말했다.

농장은 그 자체로는 예전보다 부유해졌지만, 어찌된 일인지 동물들 스스로는 전혀 부유해졌다는 생각이 들지 않았다. (물론 돼지와 개는 예외적 존재였다) 어쩌면 이는 돼지와 개가 너무 많은 것이 한 가지 이유일지도 몰랐다. 돼지와 개들도 나름의 방식으로 일을 하긴 했다. 스퀄러가 끊임없이 변명

해댄 것처럼 농장을 지휘하고 감독했으며, 조직을 체계적으로 이끌어가는 일은 보통 어려운 일이 아니었다. 그런데 그 어려운 일은 다른 동물들로서는 무식해서 이해할 수 없는 종류의 일이었다. 스퀼러는 돼지들은 '서류 파일'이니 '보고서'니 '회의록'이니 '비망록'이라고 부르는 불가사의한 것들을 해내느라 매일 엄청난 업무에 시달린다고 하소연했다. 이러한 일들은 글씨가 빽빽하게 뒤덮인 넓은 종이를 수북이 쌓은 묶음이었는데, 그 종이에 글이 다 채워지고 나면 대부분 아궁이에 넣어서 태워버린다고 했다. 스퀼러는 그 일은 농장 구성원의 복지를 위해 매우 중요하다고 말했다. 하지만 돼지들이나 개들은 자기네가 먹을 식량을 자기 힘으로 생산하는 법이 없었다. 게다가 농장에는 개와 돼지들이 너무 많은 데다, 식욕도 무서울 정도로 왕성했다.

다른 동물들의 생활은 그들이 아는 한 늘 그 모양 그 꼴이었다. 대부분의 동물은 대체로 굶주렸으며, 짚더미 위에서 잠을 잤고, 웅덩이의 물을 마셨으며, 고된 노동에 시달렸다. 겨울에는 추위 때문에 고통을 받았고, 여름에는 파리 때문에 고생했다. 좀 더 나이를 먹은 동물들은 흐릿한 기억을 짜내어 존스를 쫓아낸 지 얼마 안 된 '반란' 초기의 상황이 지금보다 더 좋았는지 더 나빴는지 비교해보려고 애를 썼다. 하지만 그들은 과거의 일을 도저히 기억해낼 수가 없었다. 지금의 삶과 비교할 수 있는 근거가 아무것도 없었기 때문이다. 그들은 스퀼러가 말해주는 통계 숫자 이외에는 어디에서도 관련 자료를 찾을 수 없었는데, 그 통계 숫자라는 것은 언제나 모든 것이 순조롭게 잘되어 가고 있다는 내용뿐이었다. 그것은 동물들로서는 도저히 풀 수 없는 수수께끼 같았다. 어쨌든 지금은 그러한 것들을 차분하게 생각할 시간적 여유조차 없었다. 오직 늙은 벤저민 영감만이 긴 생애를 살아오는 동안 겪은 여러 일을 온전히 기억하고 있다고 말했다. 그가 들려준 바에 따르면 지금의 상황이 예전보다 훨씬 더 좋아지거나 훨씬 더 나빠진 것은 없고, 앞으로도 그럴 리가 없다고 공언했다. 그는 굶주림, 고난, 절망은 변하지 않는 '삶의 법칙'이라고 말했다.

하지만 동물들은 결코 희망을 포기하지는 않았다. 더욱이 그들은 동물농장의 명예로운 일원이 되었다는 특권 의식을 한순간도 잊지 않았다. 그들의 농장은 영국 전역에서 유일하게 동물들 소유의 농장이었으며, 동물들이 직접 운영하는 곳이기도 했다. 동물들 가족이라면 누구나, 심지어 가장 어린 새끼들을 비롯해 2, 30킬로미터 떨어진 다른 농장에서 팔려 온 동물조차도 그 사실에 경탄스러울 정도로 자부심을 느끼고 있었다. 그리고 축하의 총포가 발사되는 소리와 함께 녹색 국기가 게양대 꼭대기에서 펄럭이는 것을 볼 때면 그들의 가슴은 한없는 자부심으로 울렁거리기까지 했다. 그러면 이야기는 언제나 존스를 추방한 뒤 7계명을 만들고, 인간 침입자들을 격퇴했던 영웅적인 옛 시절로 돌아갔다. 그들은 옛꿈 중에서 어느 하나도 버린 것이 없었다. 그들은 메이저 영감이 예언했던 동물 공화국의 꿈을 아직 믿고 있었다. 영국의 푸른 들판이 인간의 발에 더는 짓밟히지 않을 그날의 꿈을. 언젠가는 그런 날이 올 것이다! 그날이 금방 오지 않을 수도 있고, 지금을 살아가는 동물들이 살아생전에 볼 수 없을지도 모르지만, 언젠가는 그날이 오고 말 것이었다. 〈영국의 동물들〉과 비슷한 노랫가락이 여기저기서 은밀하게 흘러나왔다. 어떤 동물도 감히 그 노래를 큰 소리로 부르지는 못했지만, 어쨌든 농장 동물들은 모두 그 노래를 알고 있었다.

그들은 삶이 고단하고 자신들의 희망이 실현되지는 않았지만, 여느 동물들과는 다른 삶을 살아가고 있다는 사실을 의식하고 있었다. 비록 굶주리더라도 포악한 인간을 먹여 살리기 위한 노동이 아니었고, 비록 고단하게 일을 하더라도 그 노동은 자기 자신을 위한 것이었다. 동물들은 그 누구도 두 발로 걷지 않았고, 어떤 동물도 다른 동물을 '주인님'이라고 부르지 않았다. 모든 동물이 평등했다.

초여름의 어느 날, 스퀼러가 양들에게 자기를 따라오라고 명령했다. 그는 농장 반대편 끝자락에 있는 어린 자작나무가 무성하게 우거진 미개간지로 그들을 데려갔다. 양들은 스퀼러의 감독 아래 온종일 그곳에 머물면서 나무 잎사귀를 뜯어 먹었다. 석양이 질 무렵, 스퀼러는 농장 본채로 돌아갔지만, 양들에게는 날씨가 따뜻하니 계속 그곳에 머무는 것이 좋겠다고 말했다. 양들이 1주일 동안 그곳에 머물러 있는 바람에 다른 동물들은 그들을 볼 수 없었다. 스퀼러는 대부분의 시간을 양들과 함께 보냈다. 그는 양들에게 새 노래를 가르쳤는데, 그 일은 비밀에 부쳐야 한다고 말했다.

양들이 돌아온 직후의 어느 상쾌한 저녁에 동물들은 일을 마치고 농장 건물로 돌아오다가 마당에서 공포에 질린 말의 울음소리를 들었다. 동물들은 깜짝 놀라 그 자리에 우뚝 멈춰 섰다. 그 울음소리의 주인공은 클로버였다. 클로버가 다시 한 번 울부짖자 모든 동물들이 마당으로 몰려갔다. 잠시 후 동물들은 클로버를 공포에 질리게 한 광경을 직접 목격했다.

돼지 한 마리가 두 발로 서서 걸어 다니고 있었다.

그랬다. 그 돼지는 스퀼러였다. 두 발로 서서 육중한 무게를 지탱하는 것이 조금 어색하긴 했지만, 완벽하게 균형 잡힌 모습으로 마당을 가로질러 걸어 다니고 있었다. 잠시 후 농장 본채의 문으로 돼지들이 길게 줄을 지어 나왔는데, 모두 뒷다리로 서서 걷는 게 아닌가! 어떤 돼지는 다른 돼지들에 비해 걷는 것이 좀 더 자연스러웠고, 한두 마리는 약간 불안정해서 지팡이를 짚어야 할 정도였지만, 한 마리도 빠짐없이 여유롭게 마당을 돌았다. 마지막으로 개들이 요란하게 짖어대는 소리와 까만 수탉의 날카로운 나팔소리가 들리더니 나폴레옹이 위엄 있게 똑바로 서서 오만한 눈초리로 이쪽저쪽을 훑어보며 나왔고, 개들이 그의 주변에서 껑충거리며 뛰었다.

나폴레옹은 앞발에 채찍을 들고 있었다.

죽음과 같은 적막이 감돌았다. 눈앞에 펼쳐진 놀라운 광경을 보고 공포에 질린 동물들은 한자리에 모여서 길게 늘어선 돼지들이 천천히 걸어서 마당을 한 바퀴 도는 모습을 지켜보았다. 그 모습을 보고 있노라니 마치 온 세상이 거꾸로 뒤집힌 것 같았다.

처음의 충격이 어느 정도 가라앉자 동물들은 개들에 대한 공포에도 불구하고, 이번에는 항의를 해야겠다고 생각했다. 무슨 일이 있어도 절대로 불평하는 법이 없고 비관하는 법이 없는, 그 오랜 세월 동안 몸에 밴 습관에도 불구하고 참을 수 없었던 것이다. 그러나 바로 그때, 마치 신호를 받고 움직이듯이 모든 양이 일제히 엄청나게 큰소리로 매 하고 노래를 하는 게 아닌가!

"네 발은 좋고, 두 발은 더 좋다! 네 발은 좋고, 두 발은 더 좋다! 네 발은 좋고, 두 발은 더 좋다!"

그 구호는 5분에 걸쳐 잠시도 쉬지 않고 계속되었다. 양들이 조용해졌을 무렵에는 돼지들이 농장 본채로 행진해 들어가 버렸기 때문에 어떤 항의를 할 기회도 없었다.

당나귀 벤저민은 누군가가 자기 어깨에 콧등을 비비는 것을 느꼈다. 뒤돌아보니 클로버였다. 그녀의 흐릿해진 눈은 노안이 온 것 같았다. 클로버는 아무 말 없이 벤저민의 갈기를 살며시 끌어당겨 7계명이 쓰여 있는 커다란 헛간 끝으로 이끌었다. 잠깐 그들은 흰 글자가 쓰여 있는 타르 벽을 쳐다보고 서 있었다.

마침내 클로버가 입을 열었다.

"시력이 점점 나빠지고 있어요. 나는 젊었을 때도 저기에 씌어 있는 것을 읽을 수 없었어요. 하지만 내 눈에는 저 벽이 전과 어딘지 달라 보여요. 7계명이 예전과 똑같은가요, 벤저민?"

벤저민은 이런 일에 끼어들지 않겠다는 자신의 신념을 이번 한 번만 깨기로 마음먹고 벽에 쓰여 있는 것을 큰 소리로 읽어주었다. 거기에는 이제 단 한 가지 계명밖에 적혀 있지 않았다. 계명은 다음과 같았다.

모든 동물은 평등하다.
그러나 어떤 동물은 다른 동물보다 더 평등하다.

그 사건이 있고 난 다음 날, 농장에 감독하러 나온 돼지들이 모두 앞발에 채찍을 하나씩 들고 있는 것을 보아도 이상하지 않았다. 돼지들이 라디오를 사고, 전화기를 설치하려고 준비하고, 『존 불』이니 『팃 비츠』니 『데일리 미러』 같은 잡지를 구독 신청했다는 것을 알게 되었지만, 이상하게 여겨지지 않았다. 또한 나폴레옹이 입에 파이프를 물고 농장 정원을 산책하는 것도 이상하게 보이지 않았다. 심지어는 돼지들이 본채 옷장에서 옷을 꺼내어 입었을 때조차도 이상하지 않았고, 나폴레옹이 검은 코트에 사냥용 반바지를 입고 가죽 각반 차림으로 나타났을 때도 전혀 이상하지 않았다. 나폴레옹이 총애하는 암돼지가 존스 부인이 일요일에 입던 물결무늬 비단옷을 입고 나타났을 때도 이상하게 보이지 않았다.

1주일이 지난 어느 날 오후, 수많은 이륜마차가 농장으로 올라왔다. 근처의 농장 주인들로 구성된 대표단이 동물농장 시찰에 초대된 것이다. 그들은 농장 전체를 둘러보았는데, 보는 것마다 감탄을 금치 못했다. 특히 풍차를 보고 크게 감동했다. 그때 동물들은 순무밭에서 잡초를 뽑고 있었다. 동물들은 부지런히 일하느라 고개 한 번 들지 않았는데, 그들이 돼지들을 두려워하는지, 인간 방문객들을 두려워하는지 알 수는 없었다.

그날 저녁 농장 본채에서 요란한 웃음소리와 노랫소리가

흘러나왔다. 갑자기 인간과 돼지의 목소리가 뒤섞여 들려오자 동물들은 호기심이 동했다. 동물과 인간이 대등한 관계에서 처음 만나는 자리에서 도대체 무슨 일이 일어나고 있는지 궁금했다. 그들은 다 함께 발소리를 죽이며 본채 정원으로 다가가기 시작했다.

대문 앞에서 그들이 약간 겁을 집어먹고 잠시 멈춰 서 있을 때, 클로버가 앞장서 걷기 시작했다. 그들은 발끝걸음으로 저택까지 걸어갔고, 키가 큰 동물들은 식당 창문으로 안을 들여다보았다. 식당에는 긴 식탁을 사이에 두고 농부 여섯 명과 고위급 돼지 여섯 마리가 앉아 있었고, 나폴레옹은 식탁 끝의 상석을 차지하고 앉아 있었다. 의자에 앉아 있는 돼지들은 어색한 기미가 전혀 없었다. 그들 일행은 필시 카드놀이를 즐기다가 건배를 들기 위하여 잠시 중단한 것처럼 보였다. 커다란 술이 한 순배 돌면서 각각의 술잔이 맥주로 가득 채워졌다. 그들 중 누구도 창문을 통해 놀란 눈으로 자기들을 보고 있는 동물들의 존재를 알아차리지 못한 듯했다.

폭스우드 농장의 필킹턴 씨가 맥주잔을 들고 일어섰다. 잠시 후 그는 참석한 일행에게 건배를 제의했다. 하지만 건배를 제의하기에 앞서 몇 마디하고 싶다고 했다.

필킹턴의 연설은 이렇게 시작되었다. 오랜 불신과 오해가 말끔히 풀어졌다고 생각하니 매우 기쁘다, 이 자리에 참석한 모든 분들도 나와 같은 생각을 할 것으로 믿는다, 나를 비롯해 이곳에 참석한 사람들은 그런 생각을 한 적이 없지만, 한때 동물농장의 이웃에 사는 사람들이 이 농장의 존경스러운 경영자들에게 적대감 비슷한 의심의 눈길을 보낸 시기가 있었다, 불행한 사건들이 발생했고, 서로 간에 오해도 있었다, 돼지들이 소유하고 운영하는 농장이 존재한다는 것은 어쩐지 비정상적이며 이웃을 동요시킬 수 있다고 생각했기 때문이다, 많은 농부들이 제대로 알아보지도 않고 방종과 무질서가 만연하리라 생각했다, 그들은 동물농장이 자기네 동물은 물론이고 심지어 인간 일꾼에게까지 나쁜 영향을 끼칠까 봐 불안해했다, 이제 모든 의구심은 사라졌다, 오늘 나와 같이 동물농장을 방문한 동료들은 직접 농장 구석구석을 살펴보면서 과연 무엇을 발견했을까? 최신식의 경영 방식뿐만 아니라 모든 농장주가 본받아야 할 규율과 질서를 발견했다, 동물농장의 하급 동물들은 다른 지역의 동물들에 비해 일은 많이 하면서도 양식은 적게 먹는 이런 정책은 본받을 만하다, 오늘 나와 같이 온 동료 방문객들은 많은 의미 있는 것을 보았는데, 자신의 농장에 즉각 도입하고 싶다고 했다.

필킹턴 씨는 동물농장과 이웃 사이에 존재하는, 앞으로도 계속 이어질 우정을 다시 한번 강조하면서 인사말을 끝내겠다고 말했다. 돼지들과 인간들 사이에 어떤 이해관계나 충돌도 없었고, 있을 필요도 없다, 우리의 투쟁과 어려움은 단 한 가지밖에 없다, 노사 문제는 어느 곳에서나 다 마찬가지 아닌가? 이때 필킹턴 씨는 신경 써서 준비한 하나의 경구를 좌중에 막 꺼내려 했던 것이 분명했다. 하지만 그는 자신이 내뱉게 될 경구에 스스로 도취하여 입이 떨어지지 않았다. 그가 숨이 막혀 콜록거리자 여러 겹으로 주름진 턱살이 시뻘겋게 달아올랐다. 그는 더듬거리며 겨우 말을 꺼냈다.

"여러분, 여러분에게는 여러분이 다뤄야 할 하급 동물들이 있듯 우리 인간들에게는 우리가 다스려야 할 하층민이 있습니다!"

이 재치 있는 말을 듣고 식탁에 앉은 인간과 돼지들은 웃느라 한바탕 소동이 일어났다. 뒤이어 필킹턴 씨는 자기가 동물농장에서 관찰한 대로 식량 배급은 줄이면서도 노동시간을 늘인 것에 찬사를 보내고, 이 농장에서는 거칠고 방종하게 행동하는 동물이 없다면서 다시 한번 돼지들을 칭찬했다.

필킹턴 씨는 좌중이 모두 일어서서 술잔을 가득 채우자고 요청했다.

"여러분, 자, 여러분! 건배를 제의합니다. 동물농장의 번영을 위하여!"

열광적인 환호성과 함께 요란하게 발을 구르는 소리가 났다. 나폴레옹은 너무나 만족스러워 자리에서 벌떡 일어나 식탁을 한 바퀴 돌더니, 필킹턴 씨와 술잔을 부딪친 다음 잔을 비웠다. 계속 서 있던 나폴레옹은 잠시 후 자기도 한 말씀 하겠다고 알렸다.

나폴레옹은 항상 그렇듯이 짧고 강렬한 인상을 남기는 연설을 했다. 오해의 시기가 끝난 것을 기쁘게 생각한다, 나와 동료 돼지들의 사상이 불온하고 심지어 혁명적이기까지 하다는 헛소문이 오랫동안 나돌았는데, 그것은 악의를 품은 적들이 유포한 것이 틀림없다, 또한 이웃 농장의 동물들에게 반란을 부추기려 시도한다고 오해를 받은 적이 있는데, 이는 전혀 사실이 아니다! 나의 유일한 소망은 지금이나 과거에나 이웃과 평화롭게 지내고 정상적인 비즈니스 관계를 유지하며 살아가는 것이다, 영광스럽게도 내가 통치하고 있는 이 농장은 협동 기업이다, 부동산 권리증서는 내가 보관하고 있지만, 그것은 돼지들 공동의 소유다.

그는 계속해서 말했다. 예전에 받았던 의구심이 완전히 해소되었다고 생각하지는 않지만, 농장의 낡은 관습을 최근 뜯어고치기로 했으며, 이 조치는 신뢰 관례를 더욱 돈독하게 할 것이다, 지금까지 이 농장에 있는 동물들은 서로를 부를 때 '동무'라고 불렀는데, 이제 이 우스꽝스러운 관습을 버려야 할 때가 왔다, 더불어 그 기원은 알 수 없지만 일요일 아침마다 정원 마당의 기둥에 못을 박아 고정한 수퇘지의 두개골 앞을 행진하는 매우 기이한 관습 역시 버리기로 했다, 방문객 여러분들은 국기 게양대 위에 펄럭이는 녹색 깃발을 보았을 것이다, 그렇다면 예전에는 하얀색으로 뚜렷하게 그려져 있던 발굽과 뿔이 지금은 없어진 것을 확인했을 것이다, 앞으로 그 깃발을 단순한 녹색으로 바꿀 것이라고 말했다. 나폴레옹은 뒤이어 필킹턴 씨의 우정 어린 연설 가운데 다만 한 가지 수정할 것이 있다고 말했다. 필킹턴 씨는 연설할 때 계속 '동물농장'이라고 칭했는데, 이제 '동물농장'이라는 명칭이 폐지된다, 이 사실은 나 자신이 지금 처음으로 공표하는 것이니 필킹턴 씨가 모르는 것은 당연하다, 이제부터 이 농장은 '매너 농장'이라고 불릴 것이며, 이는 농장의 정확한 원래 이름인 것으로 알고 있다는 말로 마무리했다.

"여러분!" 연설을 끝낸 나폴레옹이 말했다. "여러분께 건배를 제의합니다만, 형태는 다릅니다. 술잔을 가득 채우세요. 여러분, 내 건배사는 이것입니다. 매너 농장의 번영을 위하여!"

전과 마찬가지로 열렬한 환호성이 터져 나왔고, 술잔의 술을 한 방울도 남기지 않고 모두 비웠다. 이때 밖에 있던 동물들이 그 장면을 보면서 자신들의 눈에 이상한 변화가 일어나고 있음을 느꼈다. 돼지들에게 뭔가 변화가 일어나긴 했는데, 변한 것이 무엇일까? 클로버는 노안으로 침침해진 눈으로 돼지들의 얼굴을 하나하나 훑어보았다. 어떤 돼지들은 턱이 다섯 겹으로, 어떤 돼지들은 네 겹으로, 어떤 돼지들은 세 겹으로 주름이 져 있었다. 그들의 얼굴에서 뭔가가 녹아내리며 변하는 것처럼 보였는데, 그것이 무엇일까? 그때 박수와 환성이 잠잠해지면서 그 안의 인간과 돼지들은 카드를 집어 들며 중단했던 카드놀이를 계속했고, 밖에 있던 동물들은 조용히 기어 나왔다.

그러나 동물들은 20미터도 채 못 가서 불현듯 걸음을 멈추었다. 요란한 고함이 농장 본채에서 터져 나왔기 때문이다. 동물들은 재빨리 되돌아가 창문으로 안을 들여다보았다. 그랬다. 격렬한 말다툼이 벌어지고 있었다. 고함을 지르며 식탁을 탕탕 치고, 의심하는 듯한 예리한 눈초리로 "그게 아니잖아."라며 무섭게 뭔가를 따지는 듯했다. 문제의 발단은 나폴레옹과 필킹턴 씨가 동시에 가장 좋은 패인 스페이드 에이스를 내놓은 듯했다.

열두 개의 분노에 찬 목소리가 맞고함을 질러대고 있었는데, 그 목소리들은 똑같았다. 그래, 그것이었다. 돼지들의 얼굴에 일어났던 변화가 무엇인지 분명히 알 수 있었다. 밖에 있던 동물들은 돼지에게서 인간으로, 인간에게서 다시 돼지에게로, 그리고 다시 돼지에게서 인간으로 눈을 돌렸지만, 이미 누가 돼지이고, 누가 인간인지 구분할 수가 없었다.

(1943년 11월~1944년 2월)

조지 오웰의 서문

이 책의 핵심적인 주제는 1937년에 처음 구상했지만, 쓰기 시작한 것은 1943년 말경이었다. 그러나 이 책을 쓰는 중에 출간이 몹시 어려울 것이라는 사실이 명백해졌다. 당시에는 신간의 양이 얼마 되지 않아 무엇이든 찍어내면 팔릴 때였는데 불구하고 그랬다. 아니나다를까, 출판업자 네 명으로부터 이 책의 출간을 거절당했다. 그들 중 이념적인 이유로 거절한 사람은 한 명뿐이었다. 두 명은 수년간 반̿러시아적 서적을 내왔고, 나머지 한 명은 뚜렷한 정치색이 없었다. 한 출판업자가 이 책을 내겠다고 해서 가계약을 맺었다. 그런데 영국 정보부와 상의한 이후 정보부에서 이 책을 출판하지 말라고 경고했거나 아니면 강력히 권고한 것 같은 예감이 든다. 그가 보낸 편지에서 일부를 발췌한 내용은 다음과 같다.

제가 말씀드리려는 것은 『동물농장』에 관해 정보부의 핵심 관리가 보인 반응입니다. 그 같은 의사 표시 때문에 제가 심각한 고민에 빠졌다는 사실을 진지하게 고백해야 겠군요……. 저는 현시점에서 이 책을 내는 것이 너무나 경솔한 일임을 알게 되었습니다. 이 우화가 일반적인 독재 자와 독재 정권을 다루었다면 상관없습니다만, 제가 보기 에 소련 소비에트 정권 전개 과정과 두 독재자의 행보를 정확히 되짚고 있습니다. 따라서 이것은 오직 소련에만 적 용될 뿐 다른 독재 정권에는 맞지 않습니다. 또 다른 이유 도 있는데, 만일 우화에 묘사한 지배층이 돼지가 아니었다 면 덜 거슬렸을 것입니다. 지배층으로 돼지를 선택한 것은 많은 사람들에게, 특히 러시아 사람들처럼 과민한 사람들 에게는 틀림없이 불쾌감을 줄 것이라는 생각이 듭니다.

이런 유의 편지를 받는 것은 좋은 징조는 아니다. 정부 기 관이 공식 후원을 하지 않는 책에 대해 검열권을 행사하는 것은 분명 바람직하지 못하다. 아무도 반대하지 않을 전시의 안보상 검열은 예외지만 말이다. 그러나 현재 사상과 표현의 자유를 가장 크게 위협하는 것은 정보부나 다른 공기관의 직 접적인 간섭이 아니다. 출판업자나 편집자들이 특정한 주제 를 다룬 책을 출간하지 않으려 하는 까닭은 자신들이 기소될 것을 두려워해서라기보다 여론이 두려워서이다. 이 나라의 지적 소심함은 작가나 언론인이 직면하게 되는 가장 고약한 적이지만, 이러한 사실은 드러내놓고 논의된 일조차 없는 것 같다.

언론계에 종사한 경험이 있는 객관적 시각을 가진 사람이라면 이번 전쟁(2차 세계대전) 기간에 실시된 공식적인 검열이 그리 불편하지 않았다는 것을 인정할 것이다. 검열이 있을 것을 예상한 것은 당연했다. 하지만 우리가 받은 것이 전체주의적인 '협조' 식의 검열은 아니었다. 언론은 나름대로 타당한 불만을 품고 있었지만, 정부는 전반적으로 잘 처신했으며, 소수의 의견에 놀라울 정도로 관대했다.

영국에서 벌어지는 출판물 검열에서 기분 나빴던 것은 대부분의 문제가 자발적으로 이루어진다는 점이다. 인기 없는 사상은 그대로 묵살되고, 불편한 진실은 공식적으로 금지할 필요도 없이 어둠 속에 묻혀버린다. 외국에서 오래 거주한 경험이 있는 사람은 센세이션한 뉴스(외국의 경우 마땅히 커다란 제목으로 보도되었을)조차도 영국 언론이 다루지 않은 사례가 있다는 것을 잘 알 것이다. 이는 사건 그 자체가 신문의 머리기사로 다룰 가치가 있는 뉴스임에도 불구하고 정부가 간섭하기 때문이 아니라, 그러한 특정한 사실을 다루는 것이 '적합하지 않다'는 암묵적인 동의가 이루어지기 때문이다. 일간지를 보면 이 점을 쉽게 이해할 수 있다. 영국 언론은 극도로 중앙집권적이며, 대부분의 언론사는 부자들이 소유하고 있는데, 그러한 이유로 중요한 뉴스라 할지라도 정직해질 수 없는 것이다.

그러나 연극과 영화, 라디오뿐만 아니라 책과 정기간행물에도 같은 식의 검열이 이루어진다. 어느 시대에나 관습적인 사고, 예컨대 올바른 생각을 하는 사람이라면 누구나 의심 없이 받아들일 것으로 여겨지는 사상체계가 있다. 어떤 사건을 뉴스로 다루는 것이 명확히 금지되지는 않았지만, 빅토리아 시대 중엽에는 숙녀들이 있는 곳에서는 '바지'라는 단어를 언급하는 일이 '행해지지 않는' 것처럼, 좀처럼 말하는 것이 '행해지지 않는' 일들이 있다. 지배적인 권위에 도전하는 사람들은 누구나 철저한 침묵을 강요당한다. 시대의 유행에 맞지 않는 견해는 대중매체는 물론이고 고급 정기간행물에서조차도 대중에게 전달될 기회를 얻지 못한다.

현시점에서 지배적인 권력이 요구하는 것은 소비에트 러시아에 대한 무비판적인 찬양이다. 누구나 이를 알고 있고, 거의 모든 사람이 이 관습에 따라 행동하고 있다. 따라서 소비에트 정권에 대한 진지한 비판이나 소비에트 정권이 감추고 싶어 하는 비밀을 폭로하는 글은 출간될 가능성이 거의 없다. 그리고 우리의 동맹국인 소련에 아첨하려는 이 범국민적인 음모가 기묘하게도 지적 관용의 대상이라는 사실은 매우 흥미롭다.

왜냐하면 소비에트 정부를 비판하는 것은 허용되지 않지만, 적어도 우리 정부를 비판하는 것은 상당히 자유롭다. 그 누구도 스탈린을 공격하는 글을 찍어내지는 않지만, 책이나 잡지에서 처칠을 공격하는 것은 매우 안전하다. 전쟁이 계속된 지난 5년 내내, 우리가 국가의 안위를 위해 싸우고 있던 2, 3년 동안에도 평화적 타협을 옹호하는 무수한 서적과 소책자, 기사는 아무런 간섭도 받지 않고 출판되었다. 더욱이 이런 글들은 그다지 비판을 받지도 않았다. 소련의 체면에 걸린 문제가 아닌 한, 자유 언론의 원칙은 합리적으로 잘 지켜졌다. 다만 금지된 소재가 있는데, 그중의 몇 가지를 언급하려 한다. 하지만 소련에 대한 일반적인 태도가 가장 심각한 징후다. 그것은 자발적인 것이지 어떤 압력 단체의 외압을 받은 것은 아니다.

영국의 지식인들 대부분이 1941년 이후 소련의 선전을 비판 없이 수용하고 반복적으로 보여주는 비열한 태도는, 그 이전에도 수차례에 걸쳐 그와 비슷하게 처신한 예가 없었더라면 아주 경악스러운 일이었을 것이다. 여러 쟁점이 잇따라 발생할 때마다 소련 측의 견해는 아무런 검열 없이 받아들여졌고, 역사적 사실이나 지적 품위가 전적으로 무시된 채 출판되었다. 한 가지 예를 들자면 BBC 방송은 붉은 군대 창군 25주년 기념식을 방송하면서 트로츠키를 언급하지 않았다. 이는 트라팔가르 해전을 기념하면서 넬슨 제독을 언급하지 않은 것과 마찬가지라고 볼 수 있다. 하지만 이 방송을 본 영국의 지식인들은 누구도 항의하지 않았다. 여러 점령국에서 내분이 일어날 때마다 거의 모든 영국 언론은 소련이 지원하는 당파 편에 서서 반대파를 비방하고, 때로는 그런 목적으로 물적 증거마저 묵살했다. 특히 주목할 만한 사건은 유고슬라비아의 체트니크*를 이끌었던 미하일로비치 대령의 경우다. 소련은 티토 원수를 보호하면서 미하일로비치가 독일군과 협력하고 있다고 비난했다. 그러자 영국 언론은 이 비난에 즉각 동조했다. 미하일로비치의 지지자들은 거기에 해명할 기회조차 얻지 못했으며, 이 비난을 논박하는 내용은 아무것도 발표하지 못했다.

1943년 7월, 독일군은 티토의 체포에 금화 10만 크라운을 현상금으로 내걸었고, 미하일로비치에 대해서도 비슷한 금액의 현상금을 걸었다. 영국 언론은 티토의 현상금과 관련한 뉴스는 대서특필해 다루었지만, 미하일로비치의 현상금에

---

* 제2차 세계대전 당시 결성된 세르비아 민족주의 게릴라 부대로, 티토가 이끄는 공산주의 게릴라들에 맞서 싸웠다.

대해서는 오직 한 신문만이 조그맣게 언급했을 뿐이다. 그가 독일과 협조하고 있다는 비난은 계속되었다.

스페인 내란 때도 이와 유사한 일들이 일어났다. 당시 러시아 측이 분쇄하기로 한 공화당파를 영국의 좌파 신문에서 무자비하게 비난했으며, 그들을 옹호하는 진술은 독자 투고란에도 싣지 않았다. 현재의 소련에 대한 진지한 비판은 괘씸한 일로 여겨질 뿐만 아니라 그러한 비판이 있다는 사실조차도 때로는 비밀에 부쳐진다. 트로츠키는 사망하기 직전 스탈린의 전기를 집필했다. 그가 아무런 편견 없이 집필에 뛰어들었다고 할 수는 없지만, 그 전기는 충분히 판매할 가치가 있는 것이 분명했다. 미국의 한 출판사가 그것을 출판하기로 하고 인쇄에 들어갔다. 서평용 책이 신문사에 발송되었을 때, 소련이 전쟁에 참여한 것으로 나는 알고 있다. 그 책은 즉각 회수되었다. 그러한 책이 출간되었다는 사실과 그 책이 탄압받았다는 사실은 다룰 가치가 충분히 있었음에도 불구하고, 영국 신문들은 이 사건에 대해 한 줄의 기사도 싣지 않았다.

영국 지식층의 자발적인 검열과 압력단체가 강요하는 검열을 구분하는 것은 매우 중요하다. 널리 알려져 있듯이 특정한 뉴스는 '기득권' 때문에 논의될 수가 없다. 가장 유명한 사건이 특허약 소동이다. 또한 언론에 상당한 영향력을 행사하는 가톨릭교회의 경우 스스로에 대한 비판은 어느 정도 잠재울 수 있다. 가톨릭 사제가 연루된 추문은 거의 발표되지 않았지만, 어려움을 겪는 성공회 사제는 대서특필된다. 반가톨릭적인 내용을 무대에 올리거나 영화화되는 일은 매우 드물다. 가톨릭교회를 공격하거나 조롱하는 연극이나 영화는 언론으로부터 외면당하고 흥행에 실패하리라는 것을 배우라면 누구나 알고 있을 것이다.

그러나 이런 종류의 일은 무해할뿐더러 충분히 이해할 만하다. 어떠한 조직이든지 힘이 커지면 자기네 이익을 최대한 챙기려는 경향이 있고, 공공연히 선전한다고 해서 반대할 수는 없다. 우리는 〈데일리 워커〉가 소련에 불리한 뉴스를 보도하지 않으리라는 걸 알고 있듯이 〈가톨릭 헤럴드〉는 당연히 교황을 비난하지 않을 것으로 믿고 있다. 그렇다 하더라도 생각이 있는 사람이라면 모두 〈데일리 워커〉와 〈가톨릭 헤럴드〉가 처한 상황을 안다.

걱정되는 것은 소련과 그 정치 상황이 연관된 곳에서는 지성적 비판을 기대할 수 없고, 많은 경우 의견을 내지 말라는 직접적인 압력을 받지 않는 진보적인 작가와 언론인들도 원고를 통해 정직한 의사를 밝히는 법이 좀체 없다는 사실이다. 스탈린은 신성불가침이고, 그의 정책 중 어떤 부분은 진지하게 논의할 수도 없다. 이러한 불문율은 1941년부터 거의 모든 나라에서 준수되어 왔지만, 그 이전 10년간은 우리가 지금 인식하는 것보다 훨씬 광범위하게 적용되기도 했다. 그 시기에 소비에트 정권에 대한 좌파의 비난은 거의 들을 수 없었다. '반소' 문헌이 무수히 쏟아져 나왔지만, 그것들은 대부분 보수적인 시각에서 집필된 것이었으며, 명백하게 부정직하고 시대에 뒤처졌으며, 불순한 동기에서 나온 것들이었다. 반면 무수히 많이 쏟아져 나온 '친소' 선전물 역시 정직하지 못한 태도로 일관했다. 이는 매우 중요한 문제를 세련된 방식으로 논의하고자 하는 사람들을 봉쇄하는 결과를 가져왔다.

누구나 반소 서적을 출판할 수는 있지만, 출판한다고 해도 주요 언론에서는 거의 무시하거나 왜곡해서 보도한다. 공적으로도, 사적으로도 일이 제대로 처리되지 않았다는 경고를 들었다. 책의 저자가 하는 말이 옳은지는 모르지만 '시의에 맞지 않거나' '이쪽 혹은 저쪽의 반동 집단의 손안에서 놀아나고 있다'는 것이다. 이러한 태도는 국제적 상황과 '영소' 동맹의 필요성이 절박해지자 대체로 옹호되었지만, 이는 그저 상황을 합리화하는 구실일 뿐이라는 사실이 명백하다. 영국의 모든 지식층, 혹은 지식인들 대부분은 소련에 충성심을 키워왔으며, 스탈린에 대해 조금이라도 의혹의 눈길을 던지는 것은 신성모독이라고 느꼈다. 소련에서 일어난 사건은 다른 나라에서 발생하는 사건과는 다른 기준으로 판단했다. 1936년부터 1938년까지의 대숙청 기간에 일어난 무수한 처형은 평생 사형 제도를 반대해온 사람들의 박수갈채를 받았으며, 인도에서 발생한 기근은 발표하면서 우크라이나에서 발생한 기근은 은폐하는 것이 공정한 일처럼 여겨졌다. 그리고 설령 이런 사실이 전쟁 이전의 상황에 해당한다고 하더라도 지금도 여전히 그 분위기는 개선되지 않고 있다.

이제 내 책 문제로 돌아와 보자. 영국 대부분의 지성인들이 이 책에 보일 반응은 지극히 명백하다. '이 책은 간행되지 말았어야 한다'는 것일 것이다. 모욕하는 방법을 아는 비평가들은 이 책을 정치적인 이유가 아닌 문학적인 이유를 들어 공격할 것이 분명하다. 그들은 이 책이 지루하며 아무 내용도 없을뿐더러, 한심한 종이 낭비일 뿐이라고 말할 것이다. 그러한 비난이 사실일지 모르지만, 이 책의 내용을 싸잡아 비난해서는 안 된다. 누구도 어떤 책은 나쁜 책이니 출판되지 말았어야 한다고 말하지는 않는다.

매일 엄청나게 많은 쓰레기 같은 책이 쏟아져 나오지만, 누구도 신경 쓰지 않는다. 대부분의 영국 지식인들은 이 책이 그들의 지도자를 비방하고 (그들의 눈에는) 진보의 대의명분에 위배된다는 이유로 출간을 반대할 것이다. 만일 책의 내용이 이와 반대였다면, 설령 이 책의 문학적인 결점이 실제보다 열 배나 더 눈에 거슬리더라도 이 책의 출간을 반대하는 말은 하지 않을 것이다. 예컨대 좌익 도서 클럽이 지난 4, 5년 동안 성공을 거둬온 까닭은, 지식인들이 듣고자 하는 것을 말해주기만 하면 독설과 무책임한 글이라도 너그럽게 받아들이는 데 있다는 것을 보여준다.

여기에 수반된 쟁점은 지극히 단순하다. 아무리 인기가 없더라도, 심지어 어리석어 보이기까지 하더라도 들을 만한 가치가 있는 것인가이다. 이런 식으로 문제를 제기하면 거의 모든 영국의 지성인들은 '그렇다'라고 대답할 것이라는 생각이 든다. 하지만 그 문제를 구체적으로 제시하며 '스탈린을 공격하는 것은 어떨까? 그것이 알려질 만한 가치가 있는가?'라고 물으면 '아니다'라는 대답이 돌아올 것이다. 그렇게 될 경우 현재의 관행은 도전받게 된다. 이러한 논리로 자유로운 언론의 원칙은 사라지게 되는 것이다.

지금 우리가 언론과 출판의 자유를 요구한다고 해서 절대적인 자유를 요구하는 것은 아니다. 사회 조직을 유지하려면, 어느 정도 검열은 필요한데, 이는 앞으로도 마찬가지다. 그러나 로자 룩셈부르크가 말했듯이 자유란 '이웃을 위한 자유'이다. 동일한 원칙이 볼테르의 말 중에 유명하게 회자되는 구절이 있다. '나는 당신이 말하는 내용에 반대한다. 그러나 나는 당신이 그것을 말할 수 있는 권리를 내 목숨을 걸고 옹호할 것이다.' 의심할 바 없이 서구 문명사회의 뚜렷한 특징이 되어온 지적 자유가 어떤 의미를 조금이라도 지니고 있다면, 이를 발표하는 것이 어떠한 경우에도 공동사회의 나머지 구성원들에게 해를 끼치지 않는다면, 누구나 진실이라고 믿는 바를 말하고 출판할 권리를 갖는다는 의미다. 자본주의적 민주주의와 서구식 사회주의 모두가 최근까지 그 원칙을 인정해왔다. 앞에서 지적했듯이 우리 정부도 그 원칙을 존중하는 모습을 여전히 보여주고 있다. 길거리에 다니는 평범한 사람들도(아마도 그들이 수용하지 못할 사상에 충분히 관심을 기울이지 않아서일 수도 있겠지만) '사람은 누구나 자신의 견해를 가질 권리가 있다고 생각한다'는 의견을 막연하게나마 고수한다. 이론상으로나 실제로도 머잖아 자유를 경멸할 것 같은 사람들은 주로 문학과 과학 분야의 지식인들로, 사실상 자유의 수호자가 되어야 할 사람들이다.

우리 사회의 독특한 현상 가운데 하나는 변절한 자유주의자다. '부르주아 자유주의'가 환상에 불과하다는 마르크스주의자들의 상습적인 주장 외에 '민주주의는 전체주의적 방법으로써만 옹호될 수 있다'는 주장이 널리 유포되는 경향이 있다. 이 주장에 따르면 민주주의를 사랑하는 사람은 민주주의의 적은 어떤 수단을 써서든지 붕괴시켜야 한다. 그러면 누가 민주주의의 적인가? 그 적은 민주주의를 공공연하게 공격하는 사람들뿐만 아니라, 잘못된 사상을 유포시켜 민주주의를 '객관적인' 위험에 빠뜨리는 사람들인 것으로 밝혀졌다. 다시 말해 민주주의를 옹호하는 것은 모든 독립적인 사상의 파괴를 포함한다. 이런 주장은 소련에서의 숙청을 정당화하기 위해 이용되기도 했다. 제아무리 열렬한 친소파라도 모든 희생자가 기소된 죄를 모두 저질렀다고 믿는 사람은 거의 없을 것이다. 그러나 그들은 이단적인 사상을 유지함으로써 정권에 객관적으로 해를 끼쳤고, 따라서 그들을 학살하거나 거짓 혐의를 씌워 망신을 주는 것도 정당하다는 것이다. 이와 같은 주장은 좌익 언론에서 트로츠키파와 스페인 내란에서의 다른 소수 공화파에 대해 의식적으로 거짓말을 했던 사실을 정당화하는 것이다. 그리고 그것은 다시 모슬리*가 1943년에 석방되었을 때, 인신보호영장에 반대하는 자들이 목소리를 내는 데 이용되었다.

이들은 자신들이 옹호했던 전체주의적 수단이 본인들에게 불리하게 쓰이는 때가 올 수도 있음을 알지 못했다. 파시스트를 재판 없이 투옥하는 행위가 습관화되면 이러한 관행은 파시스트들에게만 적용되는 것이 아니라 일반인에게도 적용될 가능성이 크다. 탄압받던 〈데일리 워커〉가 복간된 직후, 나는 런던 남부에 있는 노동자 대학에 강의를 나가고 있었다. 수강자들은 노동자 계층과 중하위 계층의 지식인들이었다. 우리

---

* 영국 파시스트 지도자인 오즈월드 모슬리 경.

가 좌익 서적 클럽 지회에서 만나곤 했던 청중과 같은 부류의 사람들이란 뜻이다.

나는 강의에서 언론의 자유에 대해 언급했는데, 강의가 끝날 때쯤 놀랍게도 몇몇이 일어서서 내게 질문을 했다. 〈데일리 워커〉의 출간 금지 조치를 해제한 것을 큰 잘못이라고 생각하지 않느냐는 것이었다. 그렇게 생각하는 이유가 무엇인지 묻자, 그 신문은 충성심이 의심스럽기 때문에 전시에는 허용되어서는 안 된다는 답변이 돌아왔다. 결국 나는 나를 나름의 방식으로 여러 차례 비방했던 〈데일리 워커〉를 옹호하는 상황에 놓인 것이다. 그런데 이들은 이 같은 전체주의의 본질적 견지를 어디에서 배웠을까? 바로 공산당원에게서 배운 것이 틀림없다!

관용과 품위는 영국 사회에 깊이 뿌리내려져 있지만, 그것들은 파괴시킬 수 없는 것은 아니다. 따라서 부분적으로는 의도적인 노력으로라도 그 정신을 계속 유지해야 한다. 전체주의적인 교의를 설교한 효과는 자유로운 국민이 무엇이 위험하고 위험하지 않은가를 아는 수단으로서의 직각력을 약화시킨다. 모슬리 사건이 이를 증명한다.

1940년에 모슬리가 기술적인 어떤 범죄를 저질렀건 그렇지 않았건 간에 그를 구금한 것은 지극히 옳았다. 우리는 목숨을 걸고 싸우는 중이었으므로, 반역할 가능성이 있는 자가 자유롭게 돌아다니도록 놓아두는 것을 허용할 수 없었다.

1943년 당시 재판 없이 그를 계속 구속한다는 것은 불법이었다. 모슬리의 석방에 반대하는 움직임은 부분적으로는 파당적이었고, 또 다른 불만의 합리화이기도 했던 것이 사실이었다 해도, 이러한 사실을 전체적으로 간과한 것은 나쁜 징조였다. 그러나 파시스트적 사고로 기울어지는 현재의 흐름 가운데 얼마나 많은 부분이 지난 10년 동안의 반파시즘과 그에 뒤이은 비도덕적인 행위에 그 뿌리를 두고 있는 것일까?

지금의 맹목적인 소련 열광주의는 서구식 자유주의 전통이 전반적으로 약화되었다는 징조일 뿐이라는 사실을 인식하는 것이 중요하다. 정보부가 끼어들어 이 책의 출판에 거부권을 행사한다 하더라도 대부분의 영국 지식층은 이러한 결정에 대해 전혀 불만을 가질 이유가 없을 것이다. 소련에 대한 무비판적 충성은 지금의 관행이며, 소련에 이익이 된다고 생각하는 요소가 포함된 것이면 검열뿐 아니라 고의적인 역사 왜곡까지도 기꺼이 용인하고 있다. 하나의 예를 들어보겠다. 『세상을 뒤흔든 열흘 : 러시아 혁명 초기 체험기』의 저자인 존 리드가 죽고 나서 이 책의 판권은 그의 유언에 따라 영국 공산당의 손에 넘어간 것으로 알고 있다.

몇 년 후 영국 공산당은 이 책의 원본의 내용을 가능한 한 완벽하게 파괴하고 트로츠키에 관한 언급을 삭제하고, 레닌

이 쓴 서문도 없앤 수정판을 발간했다. 급진적 지식층이 영국에 버젓이 존재한다면, 이러한 위조 행위는 밝혀졌을 것이고, 전국의 모든 문학 관련 매체는 비난을 쏟아냈을 것이다. 그러나 실제로는 아무런 항의가 없었다. 많은 영국의 지식인들에게 그것은 지극히 자연스러운 일로 보였기 때문이다. 그리고 이러한 관용이나 일상적으로 벌어지는 부정직한 행위는 현재 유행하는 '소련 숭배 현상'이라는 훨씬 중대한 의미를 드러내고 있다. 그러나 특정 유행이 영원히 지속된다는 보장은 없다. 이 책이 출판될 즈음에는 소비에트 정권에 대한 나의 견해가 어쩌면 수용될지도 모른다. 그러나 그것이 무슨 소용이겠는가? 하나의 관행을 다른 관행으로 바꾸는 일이 반드시 전진은 아니다. 이 순간에 연주되고 있는 음악을 좋아하든 안 하든 축음기같이 판에 박힌 정신이 바로 우리의 적이다.

나는 언론과 사상의 자유에 반대하는 모든 주장에 대해 잘 알고 있다. 언론과 사상의 자유가 존재해서는 안 된다는 주장과 자유를 허용해서는 안 된다는 주장 모두를 잘 알고 있다. 나는 다만 그러한 주장을 납득할 수 없다는 사실과 400년에 걸친 우리 문명이 그러한 주장에 반대되는 정신에 토대를 두고 있다고만 대답할 뿐이다. 지난 10년 동안 나는 현재의 소련 정권이 사악한 정권이라고 믿어왔고, 우리가 이기기를 바라는 전쟁에서 소비에트연방이 우리의 동맹국이라는 사실에도 불구하고 나는 그렇게 말할 권리를 갖고 있다. 나 자신을 정당화할 수 있는 한 구절을 고르라면 '옛 자유라고 알려진 법칙으로'라는 밀턴의 구절을 고를 것이다.

여기서 '옛'이라는 단어는 지적 자유가 전통에 깊이 뿌리를 내리고 있어 그것이 없다면 우리만의 독창적인 서구 문화가 존재할 수 있을지 의심스럽다는 점을 강조하고 싶다. 많은 지식인이 이러한 전통으로부터 눈에 띄게 돌아서고 있다. 지식인들은 어떤 책이든 그 책의 가치가 아닌 정치적 편의에 따라 출판되거나 금지되고 호평받거나 비난받아야 한다는 원칙에 동의한다.

그리고 실제로 이러한 견해를 갖고 있지 않은 여타 사람들은 순전히 두려움 때문에 그 원칙에 동의하고 있다. 이를 뒷받침하는 사례는 수많은 영국의 평화주의자들이 소련의 군국주의에 대한 예찬을 반박하는 항의의 소리를 내지 못한다는 데서 볼 수 있다. 이들 평화주의자들에 따르면 모든 폭력은 죄악이며, 그들은 전쟁의 매 단계마다 항복하거나 적어도 화평을 맺으라고 촉구해왔다. 하지만 그들 가운데 몇 명이나 붉은 군대가 수행하는 전쟁도 악이라고 말하겠는가? 소련인은 분명히 자신을 방어할 권리가 있지만, 우리가 그렇게 하는 것은 치명적인 죄악인 것처럼 보인다. 우리가 이런 모순을 설명할 방법은 한 가지뿐이다. 다시 말해, 애국심을 영국보다 소련에 바치고 있는 대부분의 지식층과 공동보조를 취하려는 비겁한 욕망 때문이라고 할 수밖에 없다.

영국의 지식층은 자신들의 소심하고 부정직한 태도를 정당화할 수 있는 많은 이유가 있다는 것을 나는 안다. 그들이 자기 자신을 변호할 때 사용하는 논리 또한 외울 수 있을 정도로 잘 알고 있다. 그러나 적어도 파시즘에 대항하는 자유를 옹호하는 문제를 둘러싼 말도 안 되는 논쟁은 더는 벌이고 싶지 않다. 자유가 진정으로 의미가 있다면 그것은 사람들이 듣고 싶어 하지 않는 것이라도 말할 수 있는 권리를 갖는 것을 의미한다. 평범한 사람들은 여전히 막연하게 이러한 원칙에 의존하거나 그에 따라 행동한다. 이는 모든 나라에 똑같이 적용되지는 않는다. 프랑스 공화정도, 오늘날의 미국도 그렇지 않다. 내가 이 서문을 쓰는 것은 이러한 사실에 관해 관심을 환기하기 위해서이다.

———

이 서문은 〈뉴욕 타임스〉 1972년 10월 8일 자에 전문 게재된 조지 오웰의 『동물농장』을 위한 미발표 원고이다. 주지하다시피 1945년에 출판된 『동물농장』에는 아무런 서문이 수록되어 있지 않음은 물론이고, 그가 이 책을 위해 서문을 썼다는 사실조차 밝혀지지 않았다. 〈뉴욕 타임스〉도 소냐 브라우넬 오웰에 의해 제공된 1945년 집필된 『동물농장』의 서문이라는 사실만 밝혔을 뿐 오웰이 왜 이 글을 발표하지 않았으며, 어떤 경위를 통해 그의 사후 24년 만에 모습을 드러냈는지에 관해서는 설명하지 않고 있다.

그러나 사정이야 어떻든 이 서문은 2차 세계대전 직후『동물농장』을 발표할 즈음의 영국 정신 풍토, 즉 지식인과 자유주의, 우방으로서의 소련과 독재체제로서의 소비에트, 신문과 정치, 창작과 문학의 정치화, 공산주의에 대한 환상과 인텔리겐치아의 오도에 대한 갈등을 날카롭게 해부하고 있다. 서문의 원제와 〈뉴욕 타임스〉의 수록 제목은 〈The Freedom of the Press〉이다.

부록 2

우크라이나어판 서문

나는 『동물농장』의 우크라이나어판에 서문을 써달라는 부탁을 받았다. 지금 전혀 모르는 독자들을 위해 글을 쓰고 있지만, 어쩌면 독자들 역시 나에 대해 전혀 알 기회가 없을지도 모르겠다.

독자들은 이 서문을 읽는 동안 『동물농장』의 탄생 배경에 대해 조금이라도 알 수 있기를 기대하지만, 그걸 밝히기 전에 나의 개인적인 사정과 정치적 성향이 형성된 과정에 대해 말하고 싶다.

나는 1903년 인도에서 태어났다. 아버지는 인도 주재 영국 행정부 소속 공무원이었으며, 우리 집은 군인, 성직자, 공무원, 교사, 법률가, 의사 등의 가정처럼 평범한 중산층에 속했다. 나는 영국 사립학교들 가운데 학비가 비싸고 몹시 속물적인 이튼스쿨에서 교육을 받았다. 다행히 나는 장학금을 받아 그런대로 편안히 학창 시절을 보낼 수 있었다. 만약 내가 장학금을 받지 못했더라면 아버지는 나를 이런 학교에 보낼 엄두도 내지 못했을 것이다.

스무 살이 채 되기도 전에 이튼스쿨을 졸업한 나는 곧장 버마로 가서 대영제국의 경찰이 되었다. 당시 대영제국의 경찰은 일종의 헌병대인 무장 경찰로, 스페인 시민 수비대나 프랑스 기동 헌병대와 흡사했다. 나는 5년 동안 경찰 노릇을 했다. 경찰이라는 직업은 나에게 맞지 않았으므로 그 이후부터 제국주의를 혐오하게 되었다. 당시 버마에는 민족주의 감정이 특별히 일지도 않았고, 영국인들과 버마인들 사이의 관계도 그리 나쁘지 않았다.

1927년 영국에서 휴가를 보내던 중 미련 없이 경찰을 그만두고, 성공할 가능성도 없는 작가가 되기로 마음먹었다. 그리고 1928년부터 1929년까지 파리에 살면서 소설과 짤막한 에피소드를 몇 편 썼지만 누구도 내 글을 출판해주려 하지 않았다. 이후 나는 그때 쓴 원고를 모조리 불살라버렸다. 그러고 나서 여러 해 동안 겨우 입에 풀칠이나 할 정도로 밑바닥 생활을 하다가 1934년에 이르러서야 글을 써서 생계를 유지하는 것이 가능해졌다. 그 시절 나는 여러 달을 빈민가에서 범죄 성향을 지닌 하층민들과 어울려 지냈는데, 거리로 나가 남의 물건을 훔치기도 하고 구걸을 하기도 했다. 당시 나는 돈이 없어서 그들과 어울렸지만, 나중에는 그들의 생활 방식 자체에 흥미를 느끼게 되었다. 그들과 잠시 어울려 지내다가 그다음에는 영국 북부 지방에 몇 개월씩 머물며 광부들의 생활실태를 좀 더 체계적으로 조사하기로 했다. 1930년까지만 해도 나는 스스로를 대체로 사회주의자로는 여기지 않았다. 당시 나는 명확히 규정된 정치적 견해를 갖지 않았기 때문이다. 내가 친사회주의 성향을 갖게 된 것은 이론적으로 계획 사회를 찬양해서가 아니라, 가난한 산업 노동자들이 억압받고 무시당하는 현실을 보았기 때문이다.

1936년에 나는 결혼했다. 결혼한 그 주에 스페인에서 전쟁이 터졌다. 아내와 나는 스페인으로 가서 스페인 정부를 위해 싸우고 싶었다. 6개월 후 내가 쓰고 있던 원고를 마무리하자마자 우리는 스페인으로 떠날 준비를 했다. 스페인의 아라곤 전선에서 6개월가량 지내는 동안 나는 어느 파시스트 저격병이 쏜 총탄에 맞아 목에 심한 관통상을 입었다.

전쟁 초기에는 외국인들이 정부를 구성하는 다양한 정치 집단들 사이에 내부 갈등이 벌어지고 있다는 사실을 간파하지 못했다. 나는 이런저런 이유로 대부분의 외국인으로 구성된 국제 여단에 들어가지 않고 스페인의 트로츠키주의자들로 구성된 마르크스주의 통일노동자당에 가입하여 활동하고 있었다.

그래서 1937년 중반 공산주의자들이 스페인 정부의 권력을 일부 장악한 뒤 트로츠키주의자들을 색출하기 시작했을 때, 나는 아내와 함께 그 대상이 되리라는 사실을 직감했다. 다행히 우리는 운이 좋아 그들에게 붙잡히지 않고 스페인을 무사히 탈출할 수 있었다. 당시 많은 친구가 그들에게 총살당했으며, 어떤 친구들은 오랫동안 감옥에 감금되거나 실종되었다.

스페인에서 있었던 이러한 인간 사냥은 소련에서의 대숙청*과 거의 같은 시기에 자행되었고, 그것의 연장선에 있었다. 소련에서뿐만 아니라 스페인에서도 기소 내용은 동일하게 파시스트와 공모했다는 죄명이었고, 나는 스페인에 관한 나의 기소가 거짓이라는 모든 근거를 확보하고 있었다. 이러한 경험들은 나에게 실로 값진 현장 교육이 되었다. 나는 그 같은 경험을 통해 '전체주의' 선전이 민주주의 국가에 사는 문명인들의 사고를 얼마나 손쉽게 통제할 수 있는지를 배웠다.

아내와 나는 죄 없는 사람들이 단지 신조가 다르고 사상이 의심스럽다는 이유로 투옥되는 광경을 지켜보았다. 그러나

---

* 1936년 제1차 모스크바 재판부터 1938년 제3차 모스크바 재판에 이르기까지 스탈린이 자행한 반혁명 재판을 말한다.

영국으로 돌아와 우리는 의식 있고 나름대로는 정확한 소식을 접한다고 생각되는 수많은 지식인이 모스크바에서 벌어지는 공모, 반역, 사보타주와 같은 터무니없는 이야기를 액면 그대로 받아들이고 있다는 사실을 알았다.

그리하여 나는 소련의 신화가 서구 사회주의 운동에 부정적인 영향을 미친다는 것을 과거 어느 때보다 더 분명하게 깨달았다.

이제 소비에트 정권에 대한 나의 태도를 밝히려 한다.

소련을 방문해본 적도 없는 내가 소련에 대해 아는 것은 기껏해야 책과 신문을 통해 얻은 정보가 전부였다. 설령 내게 힘이 있다 해도 나는 소련의 국내 문제에 간여하고 싶지 않았다. 야만적이고 비민주적 행위를 저질렀다고 해서 스탈린과 그의 추종자들을 비난하고 싶지 않았던 것이다. 아무리 좋은 의도가 있다 하더라도 그들은 그곳을 지배하는 여러 상황에서 달리 행동할 수 없었을 가능성이 컸기 때문이다.

그러나 서구 유럽인들이 소비에트 정권의 실체를 있는 그대로 직시하는 것은 매우 중요한 일이다. 1930년 이후 나는 소련이 우리가 진정 사회주의라고 부를 만한 방향으로 발전하고 있다는 증거는 단 한 가지도 발견하지 못했다. 오히려 그와는 반대로 계급사회로 변질되어 가고 있는 명확한 징후를 보고 충격을 받았다. 더구나 영국과 같은 나라의 노동자와 지식인들은 오늘날의 소련이 1917년의 상황과 너무나 다르다는 사실을 이해하지 못한다. 그 이유는 부분적으로는 그들이 소련의 실체를 알고 싶어 하지 않는 데 있기도 하다. 그들은 막연히 어딘가에 진정한 사회주의 국가가 실제로 존재한다고 믿고 싶어 한다. 또한 어느 정도는 공적 생활에서 상대적인 자유와 편안함에 익숙해져 있어 전체주의에 대해 완전히 이해할 수 없기 때문이기도 하다.

하지만 우리는 영국이란 나라가 완전히 민주적인 국가가 아니라는 사실을 기억해야 한다. 영국은 확실한 계급적 차별이 존재하고, (모든 사람을 평등하게 만드는 경향이 있는 전쟁이 끝난 오늘날에도) 부의 분배가 제대로 이루어지지 않는 자본주의 국가이다. 그런데도 영국은 수백 년 동안 내전이 없었고, 법률은 상대적으로 공정하고, 공식적으로 발표되는 소식들과 통계 자료들이 신뢰할 만하고, 소수 의견을 지지해도 치명적 위험에 처하지 않는 국가이다. 그런 분위기 속에 살아가는 사람들은 포로수용소, 강제 추방, 재판 없는 투옥, 언론 검열 등을 현실적으로 느끼지 못한다. 소련과 같은 국가에 대한 정보는 모두 영국의 관점에서 기계적으로 번역되고, 그 결과 전체주의자들이 선전하는 거짓말을 아주 순진하게 다 믿어버리는 것이다. 1939년까지, 아니 그 후에도 대다수의 영국 사람들은 독일 나치 정권의 진정한 본질을 제대로 평가할 수 없었고, 오늘날의 소비에트 정권에 대해서도 여전히 과거와 똑같은 종류의 환상에 빠져 있다.

이는 영국 사회주의 운동에 커다란 해악을 끼쳤고, 영국의 대외 정책에도 심각한 영향을 끼쳤다. 소련은 사회주의 국가이며, 소련의 모든 지도자들의 행동은 우리가 모방만 하지 않는다면 용서될 수 있다는 믿음이 사회주의의 근본이념을 타락시킨 가장 중요한 원인이라는 것이 나의 생각이다.

그래서 지난 10년 동안, 만약 우리가 사회주의 운동의 부활을 원한다면 소비에트 신화는 반드시 파괴돼야 한다고 확신하게 되었다.

스페인에서 돌아온 나는 모든 사람이 쉽게 이해할 수 있고, 다른 언어로도 쉽게 번역할 수 있는 이야기로 소비에트 신화를 폭로해야겠다고 생각했다. 하지만 구체적인 내용은 상당 기간 머릿속에 떠오르지 않았다. 그러던 어느 날 나는 열 살 정도 되어 보이는 한 꼬마가 커다란 달구지 말을 몰고 좁은 골목길을 빠져나가는 것을 보았다. 그 꼬마는 굽이진 길을 돌 때마다 말에게 채찍질을 가하는 것이었다. 그 모습을 보고, 만약 저런 동물들이 자기들의 힘을 인식하게 된다면 우리는 그들을 통제할 힘을 잃을 것이며, 인간이 동물을 부려먹는 것은 부자들이 노동자 계급을 착취하는 것과 다르지 않다는 생각이 불현듯 머릿속을 스치고 지나갔다.

나는 마르크스의 이론을 동물들의 관점에서 분석하기 시작했다. 인간들은 동물을 착취할 필요가 있을 때면 단결하기 때문에 인간 사이의 계급 투쟁 개념은 동물들에게는 환상임이 분명했다. 이런 관점에서 출발하자 동물 이야기를 풀어 나간다는 것이 그리 어렵지 않았다. 당시 나는 다른 작품을 쓰고 있었기 때문에 시간적 여유가 없어 1943년까지는 이 동물 소설을 마무리할 수 없었다. 결국 나는 동물 소설을 쓰던 중에 일어난 '테헤란회담'과 같은 일련의 사건들도 소설에 포함시키게 되었다. 따라서 이 동물 이야기의 윤곽은 내가 본격적으로 쓰기 전인 6년 동안 내 머릿속에만 들어 있었던 것이다.

나는 이 작품에 대해 뭐라고 언급하고 싶지는 않다. 만약 소설 자체가 뭔가 이야기를 들려주지 않는다면 실패한 작품이다. 그러나 여기서 두 가지만은 분명히 해야겠다. 첫째, 다양한 에피소드들을 러시아혁명의 실제 역사에서 취했지만, 이 소설에서는 도식적으로 다루었고, 연대순도 바뀌어 있다. 이러한 일은 이야기의 균형을 맞추기 위한 불가피한 선택이었다. 둘째, 내가 충분히 강조하지 않아서 대부분의 비평가가 간과하고 있는 것이기도 하다. 많은 독자들은 이 책을 모두 읽고 나서 이 책이 돼지와 인간이 완전히 화해하는 것으로 끝난다는 인상을 받았을 것이다. 그러나 그것은 나의 의도가 아니었다. 오히려 나는 돼지들과 인간들이 서로 의견이 맞지 않아 언성을 높이며 입씨름하는 것으로 이 소설의 결말을 계획했다. 나는 이 작품을 소련과 서구 국가들이 최선의 관계를 수립했다고 모두가 생각하는 테헤란회담이 끝난 직후에 썼기 때문이다. 나는 개인적으로 소련과 서구 세계가 좋은 관계를 오래 지속하리라고는 믿지 않았다. 그리고 여러 사건이 증명해 보여 주듯이 내 생각은 크게 틀리지 않았다.

작가의 생애와 작품 세계

조지 오웰의 생애　　조지 오웰은 1903년 영국령 인도의 벵골에서 태어난 영국 출신 작가이며, 본명은 에릭 아서 블레어(Eric Arthur Blair)이다. 아버지는 식민지인 인도의 하급 공무원으로 근무했다.

1917년 그는 명문 이튼스쿨에 왕실 장학금을 받으며 다녔다. 학교에서 그는 『멋진 신세계』를 쓴 올더스 헉슬리에게서 귀스타브 플로베르, 에밀 졸라, 기 드 모파상, 아나톨 프랑스에 대해 배웠다. 헉슬리는 학생들과 토론을 하기도 했는데, 특히 어법에 관한 이야기를 몹시 흥미롭게 했다고 한다. 그때부터 오웰은 단어에 대한 취미, 즉 구체적이고 의미 있는 단어 사용법에 빠져 지냈다. 졸업 후, 대학에 진학할 형편이 못 되자 버마로 건너가 식민지 경찰에 지원했다. 당시의 경험을 그는 이렇게 말하고 있다. "나는 전제군주제의 기계설비 심장부에 있었다." 버마에서 경찰 공무원으로 근무한 5년 동안 영국 제국주의가 저지르는 악마적 만행을 두 눈으로 낱낱이 목격한 그는 일생을 지울 수 없는 죄책감을 안고 살아야 했다. 1927년 그는 경찰직을 그만두고 파리와 런던의 빈민가에서 접시닦이, 웨이터, 서점 점원, 개인 교사 등을 전전하며 작품을 쓰기 시작했다.

『파리와 런던의 밑바닥 생활』은 형편없는 저임금을 받으며 파리의 호텔 주방에서 일했던 경험과 런던에서 실직 상태로 있을 때의 경험을 바탕으로 쓴 르포르타주다. 이 시기부터 그는 죽음의 원인이 된 결핵을 앓기 시작했다.

사회 정의의 문제에 민감했고, 진실을 알리고자 하는 욕구가 강했던 그는 첫 번째 소설 『버마 시절』을 발표한 뒤 『목사의 딸』, 『그 엽란을 날게 하라』를 출간했고, 사회주의 색채가 짙은 르포르타주 『위건 부두로 가는 길』을 잇달아 발표했다.

1934년 『버마 시절』을 발표하면서 생활의 기반이 잡히자 1936년 결혼과 더불어 창작에 전념했다. 그러나 그해 스페인 내전이 발발하자 이를 취재하기 위해 아내와 함께 바르셀로나로 떠났다. 내전의 현장에서 혁명의 열광에 사로잡힌 그는 파시스트 정권에 맞서 싸우기로 결심하고 통일노동자당의 의용군에 지원했다. 하지만 그가 그곳에서 목격한 것은 파시즘 정권과의 싸움이 아니라 반파시스트 진영인 공산당 내부에서의 권력 다툼이었다. 소련의 스탈린 정권의 지원을 받고 있던 공산주의자들은 자신들을 지지했던 사회주의자와 무정부주의자들을 무자비하게 탄압했다. 오웰은 그 탄압의 회오리에 휘말려 총상을 입고 엉뚱하게 파시스트로 몰려 체포되기 직전 아내와 함께 스페인을 탈출했다. 스페인 내전의 현장에 있었던 체험은 그에게 정치적 글쓰기를 하게 한 중요한 계기를 제공했다.

그가 스페인에서 체득한 것은 공산주의와 파시즘은 닮은 점이 많고, 진정으로 경계해야 할 대상은 전체주의라는 것이었다. 이때부터 그는 정치색이 짙은 작가로 알려지기 시작했다. 이후 스페인에서 돌아와 그곳에서 겪었던 경험을 바탕으로 좌파 진영의 병사들 사이에 존재하던 경제적 · 이념적 분열을 다룬 소설 『카탈로니아

찬가』를 발표했다. 이 책은 당시의 정치 상황을 상세하게 분석해낸 기록 문학의 걸작으로 평가받고 있다.

글을 통해 뭔가를 알아내는 것보다 두 눈으로 직접 확인하는 것을 신뢰했던 그는 1945년 전체주의의 실상을 우화 형식으로 폭로한 소설 『동물 농장』을 출간했다. 『1984』를 쓰기 1년 전에 그는 아내를 잃은 데다 폐결핵이 악화되어 사회 활동이 거의 불가능한 상태였다. 그래서 이 책은 전체적인 분위기가 암울하다. 그를 세계문학 작가의 반열에 올려놓은 작품은 『동물 농장』과 『1984』이다. 그로 인해 그는 생애 마지막 5년 동안 가장 중요하고 영향력 있는 영국 소설가로 살았다.

동물농장　　　『동물농장』이 발표된 지 74년(2019년 현재 기준)이 지난 지금, 이 책은 전 세계적인 스테디셀러로 굳건히 자리 잡고 있으며, 68개국 언어로 출판되었다. 스탈린 정권을 풍자한 이 우화는 오늘날에도 여전히 독자들로부터 열광적인 호응을 얻고 있다.

당대의 정치, 경제, 사회 문제에 천착했던 오웰이 『동물농장』을 처음 구상한 것은 1937년이었다. 그는 스페인 내란 당시 마르크스주의 통일노동당의 민병대에 들어가 공산당이 자행한 스페인 좌익 숙청을 직접 눈으로 목격했다. 그는 혁명 지도자들이 혁명을 통해 민중의 권익을 보호하기는커녕 자신들의 이권 챙기기에만 급급한 것을 보고 그들이 말로만 평등을 부르짖을 뿐, 실제로는 철저히 계급사회로 향해 가고 있음을 알게 되었다. 이후 그는 이 문제를 닭이 알을 품듯 여러 해 마음속에 품고 있다가 1943년 말경부터 소설로 쓰기 시작했다.

오웰은 우크라이나어 판 서문에서 이 책을 쓰게 된 결정적 계기를 다음과 같이 쓰고 있다.

(…) 그러던 어느 날 나는 열 살 정도 되어 보이는 한 꼬마가 커다란 달구지 말을 몰고 좁은 골목길을 빠져나가는 것을 보았다. 그 꼬마는 굽이진 길을 돌 때마다 말에게 채찍질을 가하는 것이었다. 그 모습을 보고, 만약 저런 동물들이 자기들의 힘을 인식하게 된다면 우리는 그들을 통제할 힘을 잃을 것이며, 인간이 동물을 부려먹는 것은 부자들이 노동자 계급을 착취하는 것과 다르지 않다는 생각이 불현듯 머릿속을 스치고 지나갔다.

꼬마와 말을 보며 오웰은 오랫동안 마음속에 품고 있던 소설의 핵심적 주제를 떠올린 것이다. 힘을 가지고 있으나 자신의 힘을 인식하지 못하는 무기력한 말을 보며 무지와 무기력함이 권력의 타락을 방조하게 된다는 사실을 깨달은 것이다. 독재와 파시즘은 지배 집단만의 산물이 아니라 전체 구성원이 권력에 맹종하고 아부하는 순간 사회는 파시즘과 전체주의로 돌입한다는 것이다.

그러나 오웰이 소설을 쓸 당시는 아직 제2차 세계대전 중이었다. 소련은 연합군 편에 서서 영국을 돕는 상황이었고, 스탈린은 나치즘에 대항하여 싸우는 영웅으로 찬양을 받던 시기였다. 고민 끝에 그가 내린 결론은 알레고리 기법을 이용한 동물 우화였다.

그는 원고를 마무리했지만 선뜻 책을 출간해주겠다는 출판사가 나서지 않았다. 그는 무려 네 곳으로부터 거절을 당했는데, 모두 정치적 이유에서였다. 어떤 출판사에서는 소련에 대한 강도 높은 비판이 담겨 있다는 이유로 거절했고, 또 다른 출판사에서는 영국 정보부 고위급 인사의 전화를 받았다면서 책을 출판할 수 없다고 통보해왔다. 페이버앤드페이버 출판사에서 일하던 T. S. 엘리엇은 "우리는 이 책이 현 시대의 정치적 상황을 올바르게 비판하는가에 대한 신념이 없다"는 내용의 편지를 보내왔다고 한다. 그리고 미국의 한 출판사에서는 "미국에서 동물 이야기는 시장성이 없다"는 이유로 거절했다고 한다. 결국 오웰이 자비 출판을 하려고 결심하고 있던 차에 세커 앤드 워버그사에서 『동물농장』을 출판하고 싶다는 의견을 보내왔다..

이 소설은 출판 관계자들의 예상과는 달리 엄청난 호응을 얻었다. 덕분에 이전까지만 해도 정치색 짙은 진보 작가의 한 사람으로만 알려졌던 오웰은 『동물농장』을 출판한 것을 계기로 베스트셀러 작가이자 중요한 작가 가운데 한 사람으로 부상했다.

스탈린 시대의 정치 현실을 역사의 기록을 통해서만 접할 수 있는 현대 독자들의 이해를 돕기 위해 각각의 동물들이 실제 사건의 어떤 인물을 상징하고, 여러 에피소드는 어떤 역사적 사실을 반영하고 있는지 열거해보았다.

돼지들

메이저 영감

존스 씨가 동물농장의 주인으로 있을 때의 대장 돼지. 혁명의 기본 이론을 소개하는 카를 마르크스를 대변하는 인물이다.

나폴레옹

스노볼과의 권력 투쟁에서 이겨 그를 추방하고 1인 독재자로 군림한다. 동물 공화국을 세운 핵심 인물로, 러시아 혁명기의 이오시프 스탈린을 상징한다.

스노볼

나폴레옹이 독재자가 되기 전 동물농장에서 나폴레옹과 공동 대장을 맡았으나 나폴레옹에게 축출된다. 러시아 혁명 과정에서 중심 역할을 했던 공산주의 혁명가인 레프 트로츠키를 상징한다.

스퀼러

나폴레옹의 충복으로, 혁명 후 새로운 사회를 건설하는 데 중요한 역할을 한 정치 선동가이자 기회주의자이다. 뱌체슬라프 몰로토프 혹은 프라우다를 상징한다.

미니무스

나폴레옹을 기리는 시를 지어 동물들에게 퍼뜨리는 역할을 한다. 막심 고리키, 혹은 블라디미르 마야콥스키를 상징한다.

새끼 돼지들

동물농장의 다음 지배자가 될 세대이다. 소련 공산당의 권력 세습을 상징한다.

혁명 돼지들

나폴레옹의 독재에 반기를 들려다 반역자로 몰려 개들에게 살해당한다. 트로츠키파로 몰려 숙청당한 공산당원들을 상징한다.

동물들

복서

클로버와 함께 쌍두마차를 끄는 소박하고 부지런한 말로, 나폴레옹에게 충성을 바치지만 비극적 죽음을 맞는다. 러시아 혁명기의 '프롤레타리아트'를 대변한다.

클로버

건전하고 양식 있는 암말로, 복서의 단순성과 힘의 특질을 보완하는 성질을 지녔다. 교육을 어느 정도 받았지만 순종적인 그는 무기력한 중산층을 대변한다.

몰리

동물농장의 규칙을 어기고, 각설탕에 눈이 멀어 몰래 이웃 농장에서 일한다. 러시아 혁명으로 축출된 엘리트 계급을 대변한다.

벤저민

혁명에 냉소적 태도를 취하는 당나귀이다. 다른 동물들처럼 그 역시 읽는 법을 배우지만, 이를 유용한 목적에 이용하려 하지 않는다. 복서가 팔려나갈 때 돼지를 제외한 동물들 가운데 유일하게 도살업자에게 팔려나간다는 사실을 알아챈다. 비판을 포기하고 현실에서 도피하는 지식인을 상징한다.

뮤리엘

읽는 법을 배운 늙은 염소다. 그는 자신이 두 눈으로 본 것만 사실이라고 믿으며, 7계명이 돼지들에 의해 바뀌었을 때 이를 알아채지 못한다. 소설 후반에 나오는 뮤리엘의 죽음은 지적 노동자의 소멸을 상징한다.

닭들

집산주의에 따른 사유재산 금지와 재산 국유화에 저항한 부농 계층을 상징한다. 나폴레옹이 달걀을 몰수하기로 하자 반발하여 달걀을 깨뜨리는 저항을 하다가 결국 몇몇은 굶어 죽는다.

아홉 마리의 개

나폴레옹이 격리하여 교육한 개들로, 동물농장 일원에게 무자비한 폭력을 행사했다. 러시아 비밀경찰을 대변한다.

모지스

러시아 정교회를 상징하는 갈까마귀로, 존스의 스파이이다.

양들

아홉 마리의 개와 더불어 나폴레옹 권력 장악에 중요한 역할을 하는 '선전 도구'이다. 스탈린을 광신적으로 따르는 대중과 선전대를 상징한다.

들쥐들
소련 북쪽의 원주민들을 상징한다.

고양이들
러시아 혁명과 공산주의에 소극적으로 저항하던 민중을 상징한다.

사람들

존스
자신의 농장인 '매너 장원'에서 반란의 원인을 제공한 인물이다. 러시아 황제 니콜라이 2세, 또는 러시아 임시 정부를 상징한다.

필킹턴
미국의 루스벨트 대통령, 또는 영국의 처칠 수상을 상징하며 그의 농장 폭스우드는 자본주의 국가를 상징한다.

프레더릭
프레더릭은 아돌프 히틀러를 상징하고 그의 농장 핀치필드는 나치 독일을 상징한다.

주요 상징적 장면

동물들의 반란
1917년 10월 러시아에서 발생한 10월 혁명을 가리킨다.

외양간 전투
10월 혁명 후 일어난 내란. 이 전투에서 존스와 함께 한 일당은 볼셰비키를 몰아내려고 했던 외국 세력이다.

풍차 전투
1941년 독일의 러시아 침공을 가리킨다.

암탉들의 반란

1921년 1만 5000명의 수병과 시민들이 상트페테르부르크 서쪽 핀란드만에 위치한 크론시타트의 해군 기지에서 볼셰비키 없는 소비에트라는 슬로건을 내걸고 궐기한 사건을 가리킨다.

풍차 건설

스탈린의 5개년 경제개발 계획을 상징한다.

동물들의 거짓 자백과 처형

1936년부터 1938년 사이에 있었던 스탈린 대숙청을 가리킨다.

이 책의 도입부에서 메이저 영감은 동물들을 모아 놓고 자신들이 인간으로부터 착취당하고 있다며, 독립적인 삶에 대한 갈망을 불어넣어 준다. 특히 그가 불러주는 "압제자 인간들을 몰아내고 잉글랜드의 기름진 들판에서 오직 동물들만 활보하리라"라는 가사의 혁명가는 그들의 갈망에 뜨거운 불을 지핀다. 동물들은 존스에게서 벗어나 자기네 농장을 직접 경영한다면 아무리 일이 힘겨워도 견뎌낼 수 있다고 생각한다.

드디어 반란이 성공하고 동물들 스스로가 농장을 이끌어 간다. 그러나 시간이 갈수록 이상적인 미래 대신 독재와 폭력, 노동 착취, 압제가 횡행한다. 권력을 잡은 돼지들은 자신들과 다른 생각을 지닌 동물은 무조건 적으로 모는 이분법적 논리에 의해 숙청하거나 즉석에서 처형한다. 그러자 동물들은 복종에 익숙해지고 무기력해져만 간다.

이 책에서 혁명적 이상이 변질되는 것은 혁명 정신에 입각한 7계명이 언어의 왜곡을 통해 서서히 바뀌면서부터다. 먼저 나폴레옹은 이전 농장주 존스의 본채로 거처를 옮기면서 "어떤 동물도 침대에서 자서는 안 된다"는 계명을 위반한다. 이때 스퀄러는 동물들의 항의를 잠재우기 위해 "어떤 동물도 침대에서 '침대보를 깔고' 자서는 안 된다"는 말로 계명을 조작한다. 뒤이어 술을 마시고 난 뒤에는 "어떤 동물도 술을 마셔서는 안 된다"를 "어떤 동물도 술을 '너무 많이' 마셔서는 안 된다"로 바꾼다. 그리고 여섯 번째 계명 "어떤 동물도 다른 동물을 죽여서는 안 된다"가 "어떤 동물도 '이유 없이' 다른 동물을 죽여서는 안 된다"로 바뀐다.

결국 7계명은 모두 사라지고 그 대신 "모든 동물은 평등하다. 그러나 어떤 동물은 다른 동물보다 더 평등하다"라는 단 하나의 계명만 남게 된다. 이제 동물들은 과거에 대한 기억이 없어 최초의 7계명에 대해 정확하게 알지 못한다. 7계명에 의혹을 품는 동물들 앞에는 선동가인 스퀄러가 어김없이 나타나 7계명은 바뀐 것이 아니라 원래부터 그렇게 적혀 있었다고 거짓말을 한다. 이러한 과거 기억 말살은 대중을 지배하기 위해 전체주의자들이 즐겨 사용하는 수단이다.

이 작품에서 부패가 시작되는 전환점은 돼지들이 우유와 사과를 자기들만의 몫으로 빼돌리는 장면이다. 뒤이어 나폴레옹은 돼지와 개를 제외한 다른 동물을 노예로 취급하며 존스보다 더 악랄한 방식으로 동물들을 괴롭힌다.

특권층인 돼지들은 마음껏 술을 마시고, 자녀들을 위해 전용 고급 교실을 짓는 등 자신들이 혁명의 구실로 삼았던 '적폐'를 그대로 재현한다.

동물농장을 방문한 인간 농장주는 이 새롭고 효율적인 동물들의 착취 방법을 자신의 농장에 도입해야겠다고 말할 정도다. 급기야 돼지들은 인간처럼 걷고, 인간처럼 옷을 입으며, 인간처럼 신문을 읽는다. 마지막 장면에서 인간과 돼지들은 카드놀이를 하며 서로 어울리는데, 누가 돼지이고 누가 인간인지 구별하기 힘들 정도다.

『동물농장』은 간결한 문체, 가벼운 유머, 예리한 풍자가 빛나는 걸작이다. 이러한 요소를 갖게 된 것은 그의 부인인 아일린 오쇼네시의 영향이 컸다고 한다. 오웰은 아내와 이런저런 의견을 교환하면서 이 책을 썼고, 그 결과 드물게 대중 친화적인 작품이 탄생했다. 오쇼네시 사후에 집필한 『1984』는 『동물농장』에 비해 훨씬 분위기가 어둡다.

오웰은 맹목적인 사회주의자가 아니라 비판적 사회주의자였고, 진실을 지키기 위해서는 그 대상이 제국주의이건 사회주의이건 혹은 그 무엇이건 간에 언제나 비판의 화살을 날릴 준비가 되어 있었다.

작가 연보

1903 출생 6월 25일 인도 뱅골의 모티하리에서 영국 세관원의 아들로 태어났다. 본명은 에릭 아서 블레어로, 조지 오웰은 필명임.

1922 19세 영국 이튼 학교 졸업. 인도 왕실 경찰로 취직해 미얀마에서 근무했다. 이때 영국 제국주의에 반감을 갖게 됨.

1927 24세 경찰직을 사임하고 문학 수업을 하기 위해 파리로 건너감.

1933 30세 본격적인 작가 활동을 시작함. 파리와 런던에서의 가난했던 생활을 그린 작품 『파리와 런던의 밑바닥 생활』을 출간. 이때부터 '조지 오웰'이라는 필명을 쓰기 시작함.

1934 31세 버마에서 경찰로 근무하던 시절의 경험을 그린 소설 『버마 시절』 출간.

1935 32세 소설 『목사의 딸 A』 출간.

1936 33세 소설 『그 엽란을 날게 하라』 출간.

1937 34세 스페인에서 내란이 발발하자 아내와 스페인으로 건너가 아나키스트의 조직인 P.O.U.M. 민병대에 가담함. 그러나 4개월 만에 부상을 당함. 그해 영국 랭커셔 지방 탄광촌의 비참한 현실을 묘사한 『위건부두로 가는 길』 출간.

1938 35세 스페인 내란의 경험을 토대로 쓴 『카탈로니아 찬가』 출간.

1939 36세 소설 『공기를 찾아서』 출간.

1940 37세 평론집 『고래 속에서』 출간.

1942 39세 G.D.H. 콜 및 여러 작가와 함께 쓴 『승리냐, 기득권이냐』 출간.

1945 42세 최고의 풍자소설 『동물 농장』 출간.

1949 46세 대표작 『1984』 출간.

1950 47세 1월 21일 런던에서 폐결핵으로 사망. 사후 평론집 『코끼리를 쏘며』 출간.

1953 자전적 에세이 『그 즐거웠던 시절』과 『영국, 그대의 영국』 출간.

편역 뉴트랜스레이션

뉴트랜스레이션은 세계적 명성을 자랑하는 고전을 현대인이 읽기 쉽게 편역하고 있습니다.
원작의 특색은 충실히 따르되 아름다운 우리말의 운율과 품격에 어울리는 문장이 되도록 최
선을 다해 노력하고 있습니다.

동물농장

초판 1쇄 발행 | 2019년 11월 20일

지은이 | 조지 오웰
편　역 | 뉴트랜스레이션
발행인 | 강민자
펴낸곳 | 다상출판사
등　록 | 2006년 2월 7일
주　소 | 서울시 성북구 북악산로 3길 38-7
전　화 | 02-365-1507
팩　스 | 0303-0942-1507
이메일 | dasangbooks@hanmail.net

ISBN 979- 11-961818-9-5
ISBN 979- 11-957642-3-5(세트)

* 이 책의 판권은 다상출판사에 있습니다.
* 이 책 내용의 전부 또는 일부를 재사용하려면 반드시 출판사의 서면 동의를 받아야 합니다.